KB170909

나 혼자
마법사다

나 혼자 마법사다 5권 완결

초판1쇄 펴냄 | 2014년 11월 10일

지은이 | L.상현
발행인 | 성열관

펴낸곳 | 어울림 출판사
출판등록 / 2009년 1월 23일 제313-2009-12호
주소 / 서울시 마포구 서교동 395-64 회산빌딩 3층 302호
TEL / 02-337-0120
FAX / 02-337-0140
E-mail / 5ullim@hanmail.net

Copyright ⓒ2014 L.상현
값 8,000원

ISBN 978-89-992-0809-6 (04810)
ISBN 978-89-992-0722-8 (SET)

이 도서의 국립중앙도서관 출판시도서목록(CIP)은 서지지정보유통지원시스템 홈페이지 (http://seoji.nl.go.kr)와 국가자료공동목록시스템(http://www.nl.go.kr/kolisnet)에서 이용하실 수 있습니다. (CIP제어번호 : CIP2014028205)

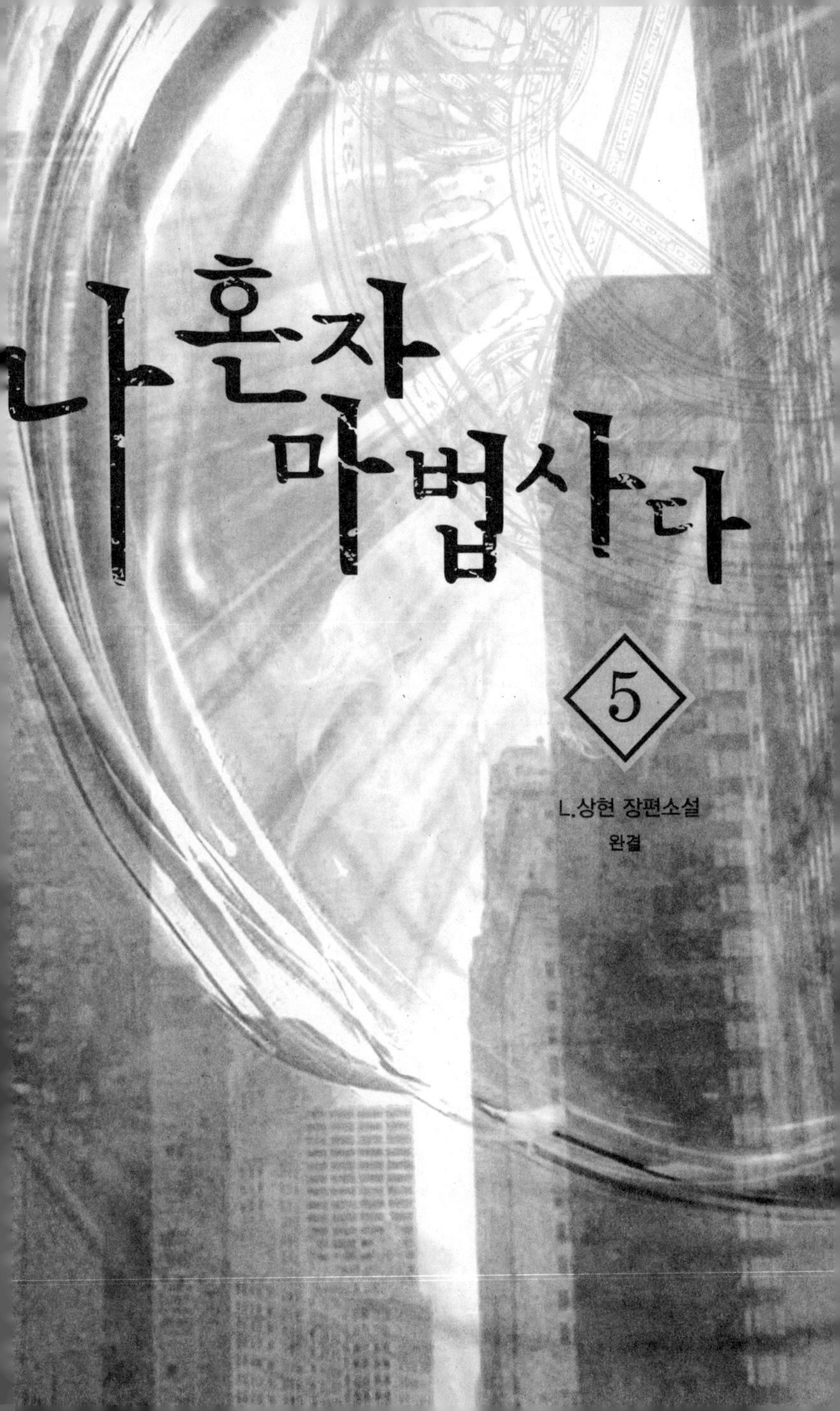

나 혼자 마법사다

5

L.상현 장편소설

완결

목차

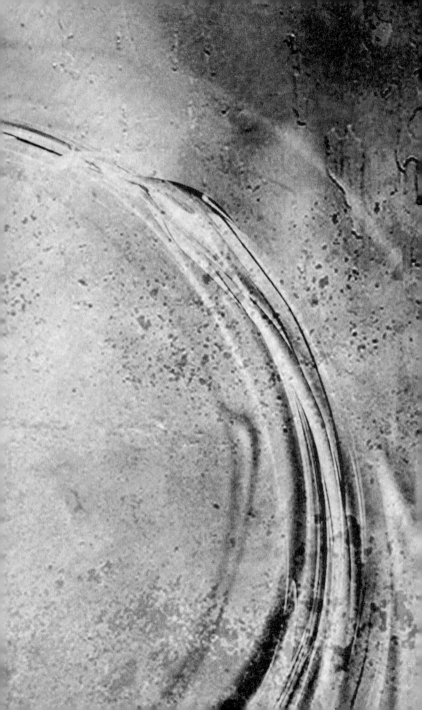

봐주는 것은 그때뿐이었다

일산 호수공원, 노래하는 분수대.

예전에는 커플들의 전용 놀이터와 같은 곳이었다면 지금은 확연히 그 차이를 보여주고 있었다.

시간이 꽤나 흐르고 나서 이곳은 시장 통이기도 했으며, 지금과 같이 사냥 파티원을 구하는 곳으로 변하기도 했다.

"정발산 던전 사냥 가실 분 구합니다."

"아큰 길드에서 길드원 모집합니다. 레벨은 50부터 받아요."

일반인은 이곳에서 찾아볼 수 없었다.

정부, 국가능력자 관리부서에서 일반인들을 통제하고 능력자들만 입장을 가능하게 한 것이다.

이 외에도 능력자 관련법들이 생겨났다.

또한 뭐든 이름 짓기, 별명 짓기 좋아하는 사람들은 능력자들을 능력자라고 부르지 않고 '키퍼블'이라고 불렀다.

본래는 Capable(케퍼블)인데 발음하기 좋은 대로 바꿔버린 것이다.

뭐든지 할 수 있는 사람이라는 뜻이었다.

그리고 이러한 키퍼블들은 '귀족'들이 되었다.

많은 사냥과 공격대에서의 레이드를 통해서 많은 양의 돈을 벌어들였다.

나라에 내는 세금도 그만큼 많아져서 요즘 정부에서는 이러저러한 사업들과 정책을 추친 중이었다.

전체 인구의 3%가 키퍼블이었기에 희귀했으며 하나하나 필요한 존재들이었다.

그에 따른 문제들도 많이 생겼다.

평민보다는 귀족이어서 마음껏 설치고 다녔다.

그때마다 강력하게 재제를 하고 문제를 해결해 왔었다.

"여기 있는 거 맞습니까?"

"네, 거기가 제일 많이 출몰을 한다고 했습니다. 일반

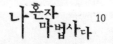

키퍼블들은 못 쫓아가니까 번번이 놓친다니까요."

"그러니까, 여기서 아이템 많을 것 같은 놈들만 골라서 미행하다가 혼자 있을 때 기습한다. 그거죠? 민첩성은 웬만한 키퍼블 못 따라 가고요."

노래하는 분수대 주변을 투명 상태로 돌아다니면서 전화를 하던 남성은 날씨가 좋은 것에 만족하며, 전화를 끊고 사람들을 둘러봤다.

수상한 사람은 눈에 띄지 않았다.

몇 바퀴를 돌았는데 아직 오지 않은 것인지, 눈치를 채지 못하는 것인지 몰랐다.

"최현길 국장님 참… 요즘에 일 많이 시킨단 말이야. 돈도 쥐꼬리만큼 주면서."

투덜거리며 하늘 구경만 하고 있는 남성은 바로 하루였다.

최현길과는 계속 말을 주고받고 부탁을 들어주고 돈을 받고 하다 보니 나름(?) 친해진 사이였다.

나라를 제대로 돌리고 있으며 힘도 어느 정도 있는 최현길은 얼마 되지 않아서 국가능력자 관리부의 국장이 되었다.

전 세계의 최대 이슈 덩어리인 키퍼블들을 관리하는 부서라서 그 힘과 인기는 막강했다.

"…내가 지금 인빌리티… 설마, 아이템 가지고 있는 건 아니겠지?"

하루는 마법 수련을 위해서 인빌리티를 대부분 사용하고 다녔다.

비슷한 옵션이 달린 아이템들이 시중에서 팔리고는 있었다.

하늘을 보다가 문득 생각이 나서 하루는 조심스럽게 스르륵 인빌리티를 풀고서 사람들 틈을 돌아다니며 디텍트 인빌리티를 시전했다.

투명화를 푸는 마법이었다.

계속해서 눈을 돌리며 마법을 시전하는 도중, 당황해하며 갑자기 모습을 나타내는 사람을 포착할 수 있었다.

"이… 이익!"

"도망가 봤자인데 뭐하러 달릴까."

하루와 눈이 마주친 남성은 최현길의 말대로 빠르게 달렸다.

딱 봐도 최현길의 말이 맞았다.

보통 키퍼블로서는 따라갈 방도가 없는 것 같았다.

최소 레벨 60에 민첩성을 올려주는 아이템들로 온몸을 맞췄을 것이다.

"이름이… 김성현 씨 맞으시죠?"

"뭐, 뭐야. 너!!"

몇 번의 블링크로 여유롭게 따라잡은 하루는 조용히 이

름을 불렀다.

김성현, 현재 지명 수배자이다.

어쌔신 계열로 기습을 통해 살인을 하고 키퍼블들의 아이템을 챙기는, 한 마디로 살인마 녀석이었다.

어떻게 알아버린 것인지 키퍼블들이 죽으면 인벤토리에 있던 아이템들이 전부 튀어나온 다는 것을 인지하고 범행을 계획하는 사람들이 많아져 갔다.

김성현, 이 사람도 마찬가지였다.

지금 알려진 바로만 다섯 명을 넘게 살해했다.

"음… 많이 죽였네. 딱 다섯 대만 맞고 갑시다."

"닥쳐! 이형환위!"

김성현은 스킬을 사용하며 단검을 뽑았다.

꽤나 비싼 단검이었다.

일을 하고서 부산물로 얻은 것이라 그 가격은 잘 몰랐으나, 뒤에서 공격을 하면 치명타 200%가 터지는 아이템이었다.

이형환위로 하루의 뒤를 잡은 김성현은 그대로 단검을 찔러 넣었다.

그런데 아무 느낌이 나지 않았다.

컨트롤, 마니를 몸에서 뽑아내 바로 단검과 손을 붙들고 블링크로 똑같이 김성현의 뒤로 이동, 그대로 홀드 스킬을 써서 묶어버렸다.

"이 미친…! 니가 날 왜 잡아! 마법사 새끼야!!"

"잘못을 했으니까 잡겠죠. 저 국가 자격증 있는 사람인데요. 특급 능력자, 국가에서 월급 주는데 당연히 해야죠."

"레이드나 하라고, 왜 이런 데서 지ㄹ……!"

"거참 시끄럽네. 레이드는 내 마음대로 그냥 하면 되고, 국가 월급은 부수입인데. 뭔 상관이실까."

하루는 사일런스 스킬을 쓰고 김성현의 손목에 수갑을 채웠다.

아무 능력도 쓸 수 없는 봉인 수갑이었다.

보통 경찰들이 배지를 보여주면서 말하는 것을 따라한 하루는 특급 능력자 자격증을 도로 집어넣었다.

국가능력자 관리부에서 만든 것인데 극소수의 사람에게만 지급하는 것이다.

전부 최현길이 하루와 같은 키퍼블들을 꼬시기 위한 전략이었다.

이렇게 국가를 위해서 일을 하면 수당금이 나온다.

그리고 특급 능력자 자격증을 지님으로써 월급이 매달 들어왔고, 레이드나 사냥을 가는 것은 본인 마음대로였다.

간단히 말을 하자면 하루는 지금 자유 용병 같은 사람이었다.

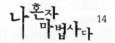

매일 집에서 놀고 자고 먹고 하면 뭐하나, 이미 상대가 되는 몬스터는 없었기에 심심해서 이런 일들을 하는 것이다.

　수련도 나름 사람들을 상대로 하면 변수도 많고 여러 스킬들을 사용해서 이렇게 검거를 하니 뿌듯하다.

　"당신은 변호사를… 아니다. 선임할 수 없죠. 살인자는, 내가 곧 법이니까. 갑시다."

　하루는 고개를 흔들며 김성현을 끌어당겼다.

　가기 싫어서 발을 질질 끌길래 하루가 '그럼 하늘에 대롱대롱 매달려서 가실래요' 하고 물어보니 조용히 하루의 뒤를 따라갔다.

　"이하루다, 이하루. 와…….."

　"마법사, 대박이네. 근데 뭐야? 경찰이었어?"

　사람들은 하루를 보며 탄성을 질렀다.

　팔릴 대로 팔린 얼굴이라서 감춰봤자 눈썰미들이 대단한 한국 사람들은 다 알아봤다.

　하루는 또 최현길에게 전화를 걸었다.

　"잡았는데 이거 어디로 가져가요?"

　"그거라뇨… 일단 저희 요원들 보내겠습니다. 수고하셨습니다. 아~ 진짜 이제 되지 않아요? 쫌~!"

　"아, 네. 근데 옆에 뭐예요? 서스러 형?"

　하루를 데리고 나가는 것을 정부차원에서 막고, 비행기

도 띄우지 못하게 되자 지금까지 한국에서 체류하고 있는 서스러와 파르데, 파라데였다.

나름 조국으로 돌아가지 못하는 모습을 보고 있자 불쌍하긴 했다.

그렇지만 한국에 있는 것만으로도 많은 도움이 되고 힘이 되는 셋이었다.

이 세 명의 외국인도 하루처럼 특급 능력자 자격증을 받았고, 틈틈이 중형 몬스터 레이드를 나가서 한국에서 지내는 데 큰 문제는 없었다.

다만, 최현길에게 가서 전화상으로 들리는 것처럼 징징거리며 떼를 쓰는 모습이 종종 보였다.

그동안 한국에서 지내면서 어눌하긴 했지만 한국어를 곧잘 배워서 사용했다.

"아 네, 세 분 모두 같이 있습니다."

궁금해서 물어보니까 최현길은 이렇게 떼를 쓸 때마다 지금 상공에 엄청난 녀석들이 살고 있다면서 비행기를 띄울 수 없다는 말을 했다.

또한 국가 상황도 좋지 못한다고 이러쿵저러쿵 말을 만들어냈다.

사실 하루가 같이 탑승을 해서 다가오는 몬스터들은 모두 처리해 버리면 그만이지만 같이 다른 곳에 갔다가 무슨 일이라도 당한다면 큰일이었다.

물론 마법으로 빠져나갈 수는 있지만 그런 귀찮은 짓은 사양이었다.

특별히 최현길이 은밀히 부탁을 했기도 하고 말이다.

"알았어요. 빨리 좀 와요."

"거의 다 도착했을 겁니다. 그럼……."

하루가 다소 예의 없게 최현길을 대했지만 최현길은 불편한 기색 하나 없었다.

누가 갑이고 누가 을인지 재보지 않아도 갑은 하루였다.

갑인 하루가 만약 정부와 뭔가 틀어져서 다른 나라로 가서 살겠다고 하면 고스란히 보내줄 수밖에 없었다.

비행기를 띄우지 못하게끔 막을 수는 있어도 하루에게는 하늘마차가 있다.

비행기 따위는 필요가 없는 것이다.

이러한 사실을 아는 사람들은 다 하루를 왕 대접을 했다.

"유정이는 뭐하고 있으려나… 학교 아직 안 끝났나?"

하루는 전화를 걸었다.

받을지 받지 않을지 의문이었지만 대부분은 받는다.

유정은 사회가 정리되고 정상적으로 대학교들이 수업을 시작할 때 유정도 학교를 다니기 시작했다.

―응, 하루야~

"언제 끝나? 나 이제 곧 끝나는데. 학교 앞으로 갈까?"

—나 3교시 아직 남았는데… 집 가서 기다려.

"아니야. 나 빨리 보고 싶어. 안고 싶어."

하루의 말에 유정은 그저 웃기만 했다.

요즘 관계가 많이 좋아졌다.

스킨십은 둘 다 너무 좋아서 좀 조심해야 할 것 같을 정도였다.

소심했던 하루도 예전의 하루가 아니었다.

오히려 더 많은 표현을 했다.

집이라 하면 하루가 그대로 나둔 집을 말하는 것이다.

단둘이 그곳에서 많은 일들이 있었다.

유정의 대학교까지 얼마 걸리지도 않는 거리였지만 하루는 그냥 집으로 가서 기다리기로 했다.

—싹싹 구석구석 씻고 계세요~ 하루 님?

야릇한 목소리로 유정이 말을 하자 하루는 보이지도 않는데 고개를 끄덕이며 대답을 했다.

옆에서 보고 있는 김성현은 눈꼴사납고 손발이 오그라들 것 같았지만 왠지 부러웠다.

'솔로 천국, 커플 지옥!! 죽어라!!'

얼마 지나지 않아 최현길이 보낸 사람들이 도착을 했다.

전부 익숙한 얼굴들이라서 간단한 인사만 하고 김성현

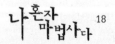

을 건네줬다.

하루는 다시 인비저블을 사용한 뒤 블링크로 기분 좋게 집으로 갔다.

아니, 그전에 시간이 많이 남으니까 바로 목장 집으로 향했다.

쾅— 쾅—!

엄청난 소리가 들려왔다.

설마 몬스터일까 생각을 했지만 이곳에 사는 생명체들의 기운을 느꼈는지 이 근처에는 얼씬도 하지 않는다.

원래 살던 사람은 가으하네와 말랑이, 채령이었다.

그런데 여기서 더 추가가 되었다.

제킬과 뢰으가 단장, 부단장으로 있는 메르헨 성기사단이 살게 되었다.

물론 집은 이동식으로 해서 커다란 게 하나 목장을 차지했다.

검에 대해서 수련하고, 논의하고, 대련을 하자는 말에 이렇게 된 것이다.

본래 광활한 초원에 초록색 빛이 감도는 목장이었는데 이젠 운동장화되어 가고 있었다.

물론 채령의 허락을 받아내는 데 시간이 좀 걸렸지만 채령도 그렇게 나쁜 여자는 아닌지라 가으하네와 성기사단들이 대련을 할 때 그들의 몸(?)을 보고 어쩔 수 없다는 듯 허락을 해버렸다.

"대쉬— 만유인력!"

"동작이 너무 크군. 이 정도는 오크도 피할 수 있겠다."

유한정의 모습이었다.

유한정은 시간이 날 때마다 가으하네에게 와서는 대련을 신청한다.

그때마다 가으하네는 대련 비용이라는 것을 왕창 뜯어냈다.

그렇게 계속 뜯기면서도 유한정은 가으하네를 이기려고 아등바등했다.

"참, 목장이 화목하네. 화목해. 나도 끼워줘!"

"아니! 이게 얼마짜리 대련인데! 이하루!"

다 알고 지내는 사람들이여서 형 동생 하기로 했다.

물론 하루의 위용이 더 대단했지만 하루는 편히 사람들과 지내고 싶었다.

아직 로벨리아의 일원이 된 건 아니지만 그 비슷한 관계였다.

"얼마짜린데요?"

"1억짜리다… 훠이!"

대련으로 무슨 1억씩이나, 보통 사람들이 듣는다면 저거 완전 또라이 미친놈이구나 하겠지만 유한정은 로벨리아 단체를 운영하면서 레이드로 인해서 벌어들이는

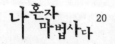

수입이 장난 아니다.

1억쯤은 그저 키퍼블들에게는 보통 사람들의 좀 비싼 과외비 정도였다.

하루는 유한정의 거절로 물러났다.

말랑이가 옆에 와서 누웠다.

털이 부드러운 말랑이를 쓰다듬으며 시간을 보냈다.

'동화는 언제 끝나는 거지? 몬스터만 이곳으로 온다는 소리는 없었는데.'

차원의 균열이 열리고, 동화가 시작된다는 날에는 곳곳에 전쟁이라도 일어날 줄 알았다.

그런데 그게 아니었다.

몬스터들이 많이 생기긴 했지만 심각한 수준은 아니었다.

바뀐 풍경이라고는 숲이 많이 생겨나고 여기저기 던전이라는 곳들이 생겨난 것뿐이었다.

그래도 하루는 항상 긴장을 하고 있었다.

위협은 천천히 오는 것이 아니라 갑자기 찾아오는 것이기 때문이다.

먼지가 휘날리고 그 상공에는 박쥐떼들이 있다.

땅에서 울리는 진동만 듣더라도 공포스러움에 몸을 내빼야 할 것만 같다.

제일 최전방에 있는 사람은 라베였다.

역시나 박쥐들은 뱀파이어가 변신을 한 것이었다.

처음 블러디 미르에 왔을 때와 비교를 해보자면 몬스터 군단은 대군단으로 진화를 하고, 한층 더 업그레이드가 되어 강해졌다.

"아르고이다 님. 곧 있으면 사람들이 보일 겁니다."

"알고 있다. 우리 뱀파이어들의 복수를 해야 할 시간이다."

그동안 많은 힘을 구축해뒀다.

라베 또한 스킬이나 능력치, 레벨 면으로 많은 성장을 해냈다. 그때 그 싸움으로 인해 약해진 뱀파이어들의 힘과 수도 늘어났다.

복수의 칼날을 갈며 그동안의 시간을 버텨냈다.

인간들에 대한 정보들도 속속히 입수를 해냈다.

나약한 인간들은 능력이 사라졌다는 것, 몬스터들의 개체수가 엄청나게 늘어났다는 것, 강한 인간들이 한국에 많이 포진해 있다는 것… 등 많았다.

많은 곳이 폐허가 되고 숲이 생성되는 건 아주 좋은 환경이었다.

움직이고 몸을 숨기고 싸우기에 최적화된 것이다.

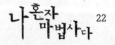

"모두, 날뛰어라!!"

공포에 질려서 뒤로 넘어진 사람들을 보고 라베가 소리쳤다. 살려달라고 소리치며 도망가는 꼴이 우습다.

이제 언론들에 이 사실이 전해지겠지, 라베는 그것을 노린 것이다.

딱히 하루와 관련이 없는, 필요 없는 사람들을 살려둘 이유는 없다.

"국장님!"

"왜 그러나? 무슨 일이라도……."

최현길을 부른 국가능력자 관리부의 직원은 말보다 재빨리 위성에 찍힌 화면을 커다란 스크린에 띄웠다.

모두가 하던 일들을 멈췄다.

스크린에 포착된 것은 그동안 보지 못했던 몬스터들이었다.

군단이라고도 할 수 있다.

이 정도의 몬스터들이라면 도시 하나가 사라지는 것은 시간문제, 대형 몬스터 한 마리보다도 자칫 귀찮아질 수 있는 숫자였다.

"당장 이하루… 아니, 내가 하지. 전부 특급 능력자 자격증 있는 키퍼블들에게 연락해!"

급해졌다.

그렇지 않아도 아바칸 때문에 무너지고 없어진 마을들

과 여러 가지 문제들을 복구하는 데 거의 성공해서 정상 범위로 돌리고 있는데 또다시 몬스터와의 전쟁이라니… 이번엔 초기에 반드시 대응을 해야만 했다.

수신음이 하루에게 흘러갔다.

"하으… 하…….."

짤막한 신음 소리가 방 안을 채웠다.

정문부터 시작해서 벽과 소파 등을 거치면서 하나하나 허물들을 벗었다.

참아왔던 모든 욕망들을 분출시키듯 모습이 마치 짐승과 같았다.

"하루… 단단하네?"

"어서 진정시켜줘야 할 것 같은데?"

하루와 유정, 둘밖에 존재하지 않는 이 집에서의 행동은 나름 익숙해져 있다.

그러나 느끼는 감정이 익숙한 것은 아니었다.

매일, 매순간 색달랐다.

드디어 모든 관문을 거쳐서 푹신한 침대에 도착을 했다. 살결들이 맞닿아서 하모니를 이루려던 순간 휴대폰 벨소리가 울렸다.

그것도 하필, 옆에서 시끄럽게 말이다.

"후… 하…….."

받아야 되나 말아야 되나 고민이 됐다.

지금에 제일 중요한 순간인데 이 흐름을 끊고 싶지는 않았다. 유정과 눈을 마주치니 유정의 눈빛은 일단 받아보라는 뜻이었다.

무슨 일이 있을지 모르니 말이다.

'최현길'이라고 쓰인 핸드폰 액정 화면을 바라보다가 하루는 침대에 걸터앉아서 전화를 받았다.

"여보세요."

─아, 하루 씨. 잠시 통화 가능하십니까?

"아니요. 지금 매우 급⋯⋯."

─잠, 잠깐만! 지금 위성으로 몬스터 대군단의 모습이 포착되었습니다. 저희로서는 해결을 하지 못할 일이여서 이렇게 전화를⋯⋯.

"다른 키퍼블들 많잖아요. 로벨리아를 부르던지, 성기사단이라던가. 네?"

뚝.

하루는 신경질적으로 전화를 끊었다.

하루 말이 맞긴 맞았다.

다른 키퍼블도 많이 있었다.

그중 연락을 한다면 바로 출발할 수 있는 키퍼블도 있었고 가까이 지내는 외국인 세 명, 서스러와 파르데, 파라데도 있었다.

"이. 하. 루. 뭔 일이야? 급하다고 판단해서 전화했을 텐데 그렇게 끊어버리면 어떻게 해.”

“아니, 지금 아주 중요한⋯⋯.”

“변태. 전화 계속 오잖아~ 일단 가봐야 할 것 같은데. 응?”

유정은 하루를 설득했다.

전화벨이 계속 울리는 것으로 봐서는 아무래도 하루가 나서야 할 상황이라는 것을 딱 눈치채버렸다.

평소에 하루가 싫다고 전화를 바로 끊어버리면 다시 전화를 하지 않는다.

이렇게 전화를 계속해서 하는 이유는 단둘, 하루밖에 하지 못하는 일이던가 하루가 필요할 정도로 위험한 일이 생긴 것이다.

유정은 나지막이 ‘다음엔 오일도 같이⋯’라고 하루의 귓가에 속삭였다.

하루는 그 순간 고개를 끄덕이며 최현길의 전화를 받으며 옷을 입었다.

“무슨 일이에요. 몬스터 대군단이라니요.”

—위성으로 셀 수 없을 만큼, 도시 하나쯤은 순식간에 쑥대밭으로 만들어버릴 수 있을 만한 몬스터들이 나타났습니다. 다른 키퍼블들에게도 연락은 하고 있구요.

“위치는요.”

—속초, 그니까 동해 바다 쪽에서 온 것 같은데⋯ 정확

히는 아직 포착이 되지 않습니다.

"가서 날뛸 거니까, 아무도 보내지 마요."

최현길은 알았다는 말만 하고 전화를 끊었다.

하루는 이번에 마법을 전부 써볼 심산이다.

몬스터들의 수가 그렇게 많다면 다 써봐도 문제는 없을 것이다.

어차피 그 지역은 몬스터들 때문에 초토화가 될 것이고.

속초까지 가는 데 그리 많은 시간이 걸리지는 않았다.

하늘마차를 타고 이동을 했다.

하늘마차도 리모델링해서 전에 그 허름한 모습에서 탈피를 했고 정부 쪽에서 허락도 받았다.

"마나는 충분하니… 아, 마구 난사하면 회복이 더디니까 가끔 페나테스도 써야겠구나."

뭔가 묵직한 모습들이 저 멀리 보였다.

한눈에 봐도 엄청난 숫자였다.

하루는 그동안 익혔던 마법들을 다시 되뇌었다.

이제 익숙한 마법들이지만 아직 응용이나 그런 면에서는 부족했다.

"……?"

선두를 보니 뭔가 익숙한 그림이 보였다.

한동안 잊고 살았었는데 스스로 나타나다니, 반갑기도 하고 이젠 끝을 봐야겠다는 생각도 들었다.

라베, 처음 능력을 지녔을 때부터 거의 자신을 따라다니던 놈이었다.

∀ 사람, 이제는 아니겠지만 말이다.

하늘마차, 라베도 하늘을 쳐다봤다.

하루는 라베의 이름을 부르며 마차를 인벤토리에 집어넣고 플라이 마법으로 라베에게 좀 더 가까이 다가갔다.

"이…하루."

"이렇게 보니 또 새롭군. 인간! 이하루우!"

"워, 뭐야 이 새끼는?"

아르고이다가 하루를 발견하고 공격적인 표정을 지었다. 그러나 하루가 말을 꺼내기도 전에 라베가 가로막았고 라베는 하루의 눈을 응시했다.

"겁도 없네, 역시 마법사. 마법을 믿고 혼자 온 건가? 같이 다니던 놈들은 다 어쩌고, 혹시 다 죽기라도 했나? 예를 들면 그 예쁘장한 여자라던가 말이야."

"이 정도 숫자면 혼자도 충분한데 뭐하러 귀찮게 같이 오나?"

"너 때문에 내 인생은 완전히 망쳤어. 좋은 옷 좋은 음식 좋은 곳에서 지낼 동안 나는!"

라베도 점차 흥분이 되었다.

하루가 갚을 것이 더 많았지만 라베 자신은 그리 생각지 않았다.

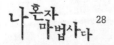

이 돌연변이 같은 마법사, 이하루 녀석 같은 것이 생겨서 이 사태가 생긴 것이다.

라베뒤에 있는 몬스터들이 그르렁거리기 시작했다.

라베의 감정 상태에 따라 행동을 하기도 하는 듯하다.

"이제 연을 끊어야 하지 않을까? 뱀파이어, 네놈들도."

"그렇게 해야지, 너 같은 것 때문에 다치아가!!"

하루는 고개를 끄덕이며 살짝 뒤로 물러섰다.

라베의 뒤로 보이는 몬스터들과 뱀파이어, 그 수는 장난 아니었다.

까딱 수가 틀리면 엄청난 공격에 노출될 확률이 있다.

처음 보는 몬스터들도 간간히 보이고 약한 몬스터들도 보였지만 어떤 상태이상과 특수한 능력을 가지고 있는 몬스터가 있을지 몰랐다.

"메테오 스트라이크—"

거의 모든 국민이 알고 있는 판타지계의 전체 공격 마법을 하루가 시전했다.

9서클 마법이고 역시나 숙련도가 초급이지만 그 위력은 상상을 초월한다. 시험 삼아 한 번 목장에서 사용하고 나서는 거의 쓰지 않았다.

목장 한 곳이 완전 쑥대밭이 되어버렸기에 말이다.

마찬가지로 블리자드와 같이 잠시 후에 떨어진다.

라베와 아르고이다도 뭔가 시작했다는 것을 눈치챘는

지 공격을 시작해왔다.

1대 불특정 다수의 싸움이지만 그다지 불리할 건 없다.

하루의 주변을 먼저 박쥐들이 장악했다.

눈에 보일 정도의 초음파가 울리는 듯한 느낌이 들었다.

"크…윽!"

귀에 참을 수 없는 고통이 가해지는데 가만히 있을 수는 없었다.

당장 블링크로 빠져나갔다.

이런 것에 약하다는 것을 어떻게 알았지, 고민하고 준비를 많이 한 듯한 공격이었다.

화난 듯 하루는 마구잡이로 마법을 써댔다.

기가 라이트닝, 볼케이노 등 속성에 상관없이 뿌려댔다.

피하느라 정신없는 뱀파이어들이었지만 피하는 게 피하는 것 같지 않았다.

"미친! 어느새 이러언……!"

대학살용 마법들이었다.

일단 적중만 한다면 여러 곳으로 이어지며 연속적으로 공격을 가하는 마법들이었다.

아르고이다도 피할 순 없었다.

고통이 엄청난지, 신음을 흘리며 동족들이 흘린 피와

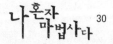

몬스터들의 피를 자신에게 공급하며 생명을 연장시키고 회복을 하고 있었다.

"이하루!!"

"닥쳐라, 연은 여기까지다. 더 이상 자비는 없어. 봐주는 건 그때뿐이었다."

하늘에 그늘이 생기기 시작했다.

곧 이어 화염에 감싸진 운석들이 내려온다는 뜻이었다.

아직까지 몬스터 등에 올라 있는 라베를 보고는 한심하다는 듯 말을 내뱉곤 하늘을 가리켰다.

"이… 이……!"

순간, 갖가지 소리로 시끄러웠던 일대가 조용해졌다.

죽음을 기다리는 모습이었다.

막거나 도망칠 생각을 할 수도 없었다.

떼거지로 있어서 생긴 단점이 이유였다.

움직임이 자유롭지 못한 것이다.

쿠아아아아아앙ㅡ!

거대한 운석들이 지면을 강타했다.

붉은 눈으로 변해버린 라베의 모습이 보였다.

아마도 제대로 뭘 해보지도 못한 채 죽는 것이 억울할 테지, 어쩔 수 없다.

더 이상 이런 일로 시간을 허비할 순 없다.

라베가 하루를 죽이기 위해 준비했던 시간들은 헛수고
였다.

단 하나의 마법이 끝나자 몬스터들의 수는 거의 없었
다.

운 좋게 운석들을 피한 몬스터들이 있긴 했지만 하루가
가만히 두진 않았다.

"파이어 버스…? 뭐, 뭐야."

역시나 바닥은 초토화가 됐다.

여러 곳에 구멍이 나고 불길이 솟아올랐다.

그러나 거기서 끝이 아니었다.

지반에 금이 가면서 투둑, 투둑 무너지기 시작한 것이
다.

쉽게 말하자면 싱크홀이 생기고 있다는 것일까, 혹시
아바칸이나 그와 비슷한 오우거가 등장하는 것이 아닌
가 긴장했다.

넋을 놓고 보고 있는 가운데 살아남은 뱀파이어들과 라
베의 정신 지배가 풀린 몬스터들은 경악을 하며 이곳에
서 벗어나려고 안간힘을 썼다.

"플라이— 뭐야 이게."

하루의 마법 때문에 생긴 싱크홀 내부는 그동안 봤던
것과는 판이하게 달랐다.

뭔가 빛이 뿜어져 나오기도 하면서 건물 같은 것이 보

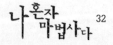

이기도 하는 것 같았다.

하루는 울리는 핸드폰을 꺼냈다.

역시나 최현길, 지금의 상황을 보고 있을 것이다.

그리고 무엇을 원하는 것인지도 알 것만 같았다.

—역시 이하루 씨, 대단합니다. 환상적인 마법이 아주…….

"지금 그것 때문에 전화를 하신 게 아닌 줄 아는데요."

—크흠… 역시, 저희가 원하는 것을 알고 계시는…….

"저기에 무슨 위협이 도사릴 줄 모르는데 가라고 하시는 건 아니겠죠? 제가 그렇게 해야 할 이유도 없고요."

툭툭 내뱉듯 말을 한 하루는 등을 돌려 이대로 유정이 있는 곳으로 가려 했다.

호기심이 가긴 했다.

뭔가 위험한 것이 있다면 블링크로 빠져나오기만 하면 된다.

최현길은 이런 하루의 의도를 알고 있다.

위험하긴 하지만 하루에겐 그다지 위험한 게 아니다.

—탐사 부탁드립니다. 보상은 나중에 충분히…….

"맨날 나중에 나중에 하다가 언제 받으라고요."

—그래도 아직 저희 사정이…….

"그럼 나중에 제 부탁 하나 들어주시는 걸로. 물론, 정부 차원에서요."

제멋대로 이런 거래(?)를 하면 안 되지만 어쩔 수 없다.

저런 곳의 탐사는 불가피하게 해야 한다.

어떤 유적이 있을지 모르고 어떤 위협이 있을지 모른다.

정부가 얻을 수 있는 것은 이런 곳의 정보와 위협에 대한 초기 대응 정도다.

아바칸 사건 이후에 초기 대응이 중요시하게 되었다.

하루는 최현길의 알았다는 말을 듣고 싱크홀로 가까이 내려갔다.

"이게 무슨 일이야. 다들 공구 가져와!"

"잠시만요. 저기 뭔가……."

싱크홀 내부에서 뭔가 움직이는 것이 보였다.

말소리도 들리는 것 같았는데 좀 더 다가가야지만 알 것 같았다.

하루는 계속해서 내려갔다.

아래를 응시하면서 내려가니 점점 윤곽이 잡혔다.

생명체, 몬스터인가 하는데 작은 그 모습이 보였다.

그건 아래에 있던 자도 마찬가지였다.

하루가 거의 다 내려오니 확실히 알 수 있었다.

딱 하나 생각나는 생명체가 있었다.

"드워프?"

종족 드워프, 엄청나게 작은 키에 맥주를 좋아하고 장

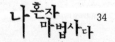

비를 만드는 데 장인이라고 알려진 종족이다.

  불에 대한 내성이 강하고 성격도 호탕하다는 것이 기본적인 상식이다.

  드워프들은 내려오는 하루를 넋 놓고 바라봤다.

  말을 꺼내려니 떨렸다.

  "이, 이… 이게 어찌… 마, 마법사……!?"

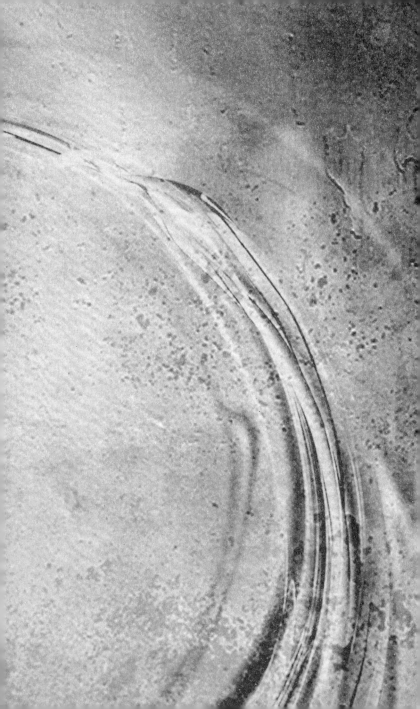

드워프

하루는 별다른 위험은 없을 것 같아서 바닥에 조용히 내려왔다.

그러나 드워프들은 아니었다.

숨어서 지켜보는 이들도 있었고 덜덜 떨면서 가만히 있는 이들도 있었다.

무슨 이유에서인지 자신을 무서워한다는 느낌이 팍 와 닿았다.

신기한 이 종족과 얘기를 나누고 싶었지만 한 발자국 다가가면 한 발자국 멀어지고 해서 어쩔 수 없이 좀 떨어진 상태에서 말을 꺼낼 수밖에 없었다.

"드워프 종족, 맞습니까? 여긴 그쪽…분들 집?"

하루의 눈이 돌아갔다.

딱 봐도 튼튼하고 새 건물들처럼 보였다.

싱크홀 내부는 커다란 동굴 형태로 되어 있었는데 그 벽면에도 뭔가 드워프들이 작업을 해둔 것 같았다.

사치스러운 장식품들은 없었지만 갖출 것은 다 갖추고 있는 듯한 느낌이었다.

하루의 말에 드워프들은 고개를 끄덕이면서도 두렵다는 모습을 감출 수 없었다.

좀 더 상냥하게 말해야 되나 하고 몇 걸음 걸으며 둘러보다가 처음 봤던 드워프를 쳐다봤다.

"맞, 맞습니다! 저희가 지내는 곳…입니다. 아, 제 이름은 로퍼라고 합니다!"

"네. 혹시 언제부터 여기 살게 되신 지 알 수 있을까요. 여긴 한국인데, 지하에 이런 게 있을 줄은…….."

"죄송합니다. 제, 제발! 저희에게 자비를……!"

드워프들은 무릎을 꿇고 머리를 조아릴 생각이었는지 행동이 뭔가 이상했다.

하루는 제대로 된 탐사를 위해서 죽이지 않을 거라면서 계속 말을 했지만 이들은 잘 듣지 않았다.

"아오! 안 죽인다고! 계속 그러면 여기 전부 엎어버릴 겁니다."

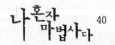

"역시 본심이… 아, 아닙니다. 말 듣겠습니다."

약간 성격을 건드리면서 드워프 중 한 명이 이곳에 대해 설명을 해주겠다 말을 했다.

로퍼, 처음 하루에게 이름을 말한 그 드워프였다.

나이가 적어 보이지는 않았는데 약간 성깔이 있어 보였다.

"그래요. 진즉에 이렇게 대화를 나눴으면 얼마나 좋습니까. 일단 저는 이하루라고 합니다. 여길 탐사하러 온 것입니다."

"아까 말했다시피, 로퍼라고 합니다. 여긴 저희가 급히 만든 드워프 종족 마을입니다."

"급히 만들어요? 메르…헨? 그곳에서 통째로 옮겨진 게 아니고?"

이 정도 되는 건물, 동굴의 벽면 등이 급하게 만들어진 것이라고 소개하는 것이 거짓말 같았다.

또 거짓말이라고 단정 지을 수 없는 것이, 이들은 드워프 종족이다.

손재주 하나는 탁월한 것이 사실이었다.

"네, 메르헨에서 갑자기 이곳에 종족 전체가 떨어지고 난 후에는… 줄 곧 이곳에서만 지냈습니다. 나가기도 두렵고…….."

"그럼 여기가 어딘지, 어떻게 생겨먹은 곳인지 전혀

모른다는 겁니까? 그럼 어떻게 여기서 먹고 자고 생활을……?"

그 어느 곳에도 동굴에서 나가는 흔적이 보이진 않았다.

확실히 지금 하루의 머리 위에 있는 싱크홀이 생기기 전에는 햇빛도 들어오지 않았을 것이다.

그럼에도 밝게 빛이 나는 것이 신기했다.

나가지 않는다면 먹을 것도 없을 건데 어떻게 살았는지도 궁금했다.

"식용 몬스터가 가까운 곳에서 살고 있길래… 키우거나 잡아서 식사를 해결했습니다."

"아… 몬스터, 식용이 가능한……."

몬스터가 식용이 가능하다는 것쯤은 알고 있던 것이다.

몬스터 요리 전문점이 따로 생기기도 하고 맛 또한 나름 괜찮다는 평을 받고 있었다.

하기야 메르헨에서 온 드워프 종족이라고 더하면 더하지 덜하진 않을 것이다.

"정말 대단하네… 빛도 안 보고 살다니."

"일단 힘을 비축하고 생태계 먼저 만들어 놓고 밖을 둘러볼 생각이었습니다. 가지고 있는 장비들도 별로 없고… 저기, 물어볼 것이… 있습니다."

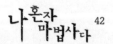

로퍼는 하루를 똑바로 쳐다봤다.

뭔가 원하는 듯한 눈빛이랄까, 다른 드워프들도 같은 모습이었다.

하루는 그 모습에 고개를 끄덕였다.

"정말… 마법사님…이 맞으신가요? 내려오실 때 플라이 마법을…….."

"맞는데, 왜요? 아까부터 그렇게 두려워하는 모습 때문에 궁금한데. 왜 그래요?"

하루가 짜증나다는 듯 물어보자 헛바람을 들이마시며 물러섰다.

그러나 하루는 더 이상 뭐라 하지도, 표정 변화도 주지 않고 말을 할 때까지 기다렸다.

원래 드워프라는 종족이 이렇게 겁이 많은 종족인가 싶었다.

"마지막으로 하나만… 혹시, 메르헨… 사람이십니까."

"아니요, 저는 지구인인데요. 빨리 말을 하지 않는다면 정말 화날 것 같습니다."

"저희를 죽일 줄 알았습니다. 메르헨의 마법사들은… 그리고도 남으니깐요. 지금 저희 앞에 계신 마법사님은 그렇지 않을 것이라 생각하고 있습니다. 그동안 봐왔던 그들과는 다르니까요."

가슴을 쓸어 넘기고 다행이라는 듯 속마음 풀 듯 한숨을 내쉬면서 하루에게 말을 꺼냈다.

솔직히 마법사라는 존재가 그렇게나 무서운 존재인가 싶었다.

물론 약간 이해는 갔다.

하루 자신도 레벨을 올려서 강한 능력치를 지니기 위해선 사람을 죽여야 하니까 말이다.

"무작정 죽이고 다녔나요. 그들은?"

"그렇다고 볼 수 있습니다. 마법사… 아니, 흑마법사라고 해야겠죠. 그들은 그냥 살인마일 뿐입니다."

드워프 마을 '에카'.

평범한 다른 날들처럼 작품들을 만들기 위해 망치 두드리는 소리가 울려 퍼졌다.

산뜻한 날씨에 드워프들은 맥주를 즐겨 마신다.

와이번들이 지저귀는 소리와 따사로운 햇빛을 맞으며 한가로이 맥주를 마신다.

"캬~ 날 좋구나. 그치?"

"이런 날에는 죽어도 여한이 없지. 자네도 한잔하겠는……."

"죽어도 여한이 없다면, 뭐. 소원 들어줘야겠지. 다크 에로우—"

검은 로브를 입은 흑마법사였다.

갑작스러운 비명 소리에 드워프들이 각자 무기를 들고 뛰쳐나왔다.

드워프의 무기를 탐내서 간혹 공격을 하거나 찾아오는 인간놈들이 있다.

인간뿐만 아니라 어떤 종족이든 필요하다면 찾아와서 드워프들은 대비를 하고 있다.

"어쭈, 죽이려고? 크크큭······."

"아, 아니. 흑마··· 마법사님······."

"나야 어차피 피 보러 온 거니까. 좋네, 좋아."

흑마법사는 마구잡이로 마법을 난사했다.

드워프라는 종족이 원래 살던 곳이 아닌 것처럼 변해버리니 그제야 만족한 것처럼 웃어젖혔다.

로퍼는 살아남은 드워프들 중 한 명이었다.

흑마법사는 가끔씩 찾아와서 무기를 받아가고는 했다.

이렇게까지 잔인하게 종족을 멸망시키지는 않았었는데 왜 그랬는지 이유가 알고 싶었다.

죽어가는 척, 로퍼는 끝이다 생각하고 물었다.

"왜··· 도대체······."

"오늘 기분이 좀 안 좋거든."

끝.

더 이상의 이유는 없었다.

그저 기분이 좋지 않아서였다.

메르헨의 마법사의 90%는 이러한 성격과 힘, 직위를 가졌다.

그 누구도 함부로 할 수가 없다.

한 왕국의 왕도 흑마법사가 온다면 먼저 정문까지 마중을 나갈 정도였다.

그만큼 막강한 힘을 지닌 자들이었다.

"흑마법사와 마법사의 차이, 아십니까?"

"거기까진, 모릅니다."

"마법사는 자연을 다루죠. 모두 마법사로 시작해서 죽음을 몰고 다니는 흑마법사로 변질이 되었습니다. 이게 둘의 차이점입니다."

하루는 간단히 한 얘기를 듣고 나서 이들이 두려워할 만하다 생각했다.

이해가 갔다.

보통 강해지기 위해 무엇이든 하기 마련이다.

아직 하루는 엄마의 말을 듣고 있었지만, 어쩔 수 없는 상황이나 강해져야 한다면 도통 어떤 행동을 해야 할지 몰랐다.

"그래서… 일단 알았습니다. 여보세요?"

—이하루 씨, 상황이 어떤가요. 저희 쪽에서는 확인이 되지 않아서…….

"혹시 드워프 아세요?"

최현길의 전화였다.

어지간히 궁금했나 보다.

이곳에 온 지 얼마 되지도 않았는데 이렇게 바로 전화를 거는 것을 보니 말이다.

—드워프…가 설마 그곳에 있는 겁니까?

"네. 여기서 먹고 자고… 밖에 나온 적은 없다고 하네요."

"마법사님. 저희를 밖으로 데리고 나가주실 수 있겠습니까? 저희는 이곳에 대해 잘 모릅니다. 그렇지만 손재주 하나만으로 여기 이렇게 생태계를 꾸렸습니다. 햇빛을 보고, 더 넓은 세상을 보고 살고 싶습니다. 그리고 위험하다면 보호를…….."

전화 통화로 상황을 얘기하는데 로퍼가 끼어들었다.

로퍼가 큰소리로 부탁을 했기에 최현길도 아마 들었을 것이다.

생각을 하는 것 같았다.

2분 정도 기다리자 최현길이 생각을 마쳤는지 '큼큼' 목을 가다듬고 대답을 하려는 것 같았다.

"어떻게 할 거예요?"

─일로 모시는 게 좋겠군요. 얘기를 나눠보고 살 땅도 알아봐야 하고… 자세한 건 대통령님과 상의를 해봐야 겠습니다.

"알았어요. 빨리 헬기 보내요."

하루는 툭, 전화를 끊었다.

그렇지 않아도 이미 주변으로 헬기 몇 대를 보냈을 것이다.

그건 그렇고, 하루도 눈이 반짝 빛났다.

드워프가 만든 무기들과 갑옷들은 어떠한 옵션이 있는지, 사용할 만한 것이 있는지 둘러보고 싶었다.

지금 지니고 있는 장비들 보다 과연 좋을까 하는 생각이 들었다.

"로퍼? 혹시… 장비들을 볼 수 있을까요."

최현길이 있는 국가능력자 관리부는 바쁘게 손을 움직였다.

일단 드워프에 대한 자료 확보가 우선시되었다.

이 나라에 기여를 얼마나 할 수 있을지에 대한 것과 다른 종족 즉, 몬스터로 분류가 되는 드워프가 살 수 있는 부지를 알아보기도 해야 했다.

"주변에 헬기들 잠시 대기하도록. 회의 먼저 한다."

"국장님, 드워프들이라면 현재 무너진 건물들을 일으키는데 많은 도움이 될 겁니다. 숲으로 변해버린 부지를 그들의 생활 터전으로 내어준다면 알아서 해결을 할 듯한데요."

"지금 국가 소유의 땅들이 얼마 없어요. 그곳에 계속 살게 하면서 일이라도 일단 시켜야 합니다. 빼낼 건 빼내야죠."

중요한 사람들이 하나같이 빠르게 모였다.

헬기는 역시나 하루 예상대로 주변에 위치했지만 어떻게 해야 하는지 의논을 해야 했기에 대기시켰다.

"드워프들이 필요하긴 하다는 거죠. 그리고 해는 되지 않을 겁니다."

"최악의 사태나, 나중에 문제가 될 소지는 분명 있습니다."

"어쨌든 우리 땅에 살고 있으니 일을 시킬 명분은 있습니다. 노예처럼 부려도 될 것 같은데, 판타지 속에서는 뭐 다들 그렇게 산다고 써 있더만."

"이봐요. 여긴 판타지가 아니라 현실이에요, 현실! 판타지 쪽 공부 너무 많이 하셨나 보네."

"뭐요!?"

최현길은 사태를 진정시켰다.

이러다가 내분이 일어날 것 같았다.

아직도 서로 으르렁거리며 보고 있지만 한 가지는 확실해졌다.

드워프는 꼭 이 나라에 필요한 종족이다.

손재주를 통한 이익 창출이 분명 발생할 것이다.

명분이야 이 나라 땅을 빌려주는 것과 보호의 목적을 지닌다면 충분했다.

"대통령님께 보고 올리겠습니다. 결정은 그분이 하십니다."

"알겠습니다."

최현길은 다른 의원들을 내버려 두고 청와대로 향했다.

얼마 떨어지지 않은 곳이었기에 바로 도착할 수가 있었다.

대통령 스케줄은 항상 꽉꽉 차 있었다.

전 대통령과는 비교도 안 될 정도로 놀라운 업적을 쌓으며 살기 좋은 세상을 만드는 데 기여를 하고 있다.

"송 대통령님."

"네, 들어오셔도 됩니다. 최 국장."

드워프와 이하루는 같이 이곳으로 데리고 오게끔 지시를 해두었다.

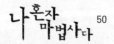

결정이 나면 바로 행동으로 옮길 생각이었다.

대통령이 이하루와 좀 친해질 필요도 있고 말이다.

이야기는 길어지면 안 됐다.

또 다른 일이 있어서 대통령은 움직여야 했다.

그러나 최현길이 급히 상의를 해야 한다는 말에 약속을 조금 미뤘다.

"좀 전에 보고 받은 바로는… 드워프라는 종족이 나타났다면서요. 이하루 씨가 몬스터 대군단을 처치하러 가서."

"네, 몬스터 대군단은 깨끗이 정리가 되었습니다. 그리고 드워프에 대해서 상의를 하려고 이렇게 찾아왔습니다."

"말씀하세요."

"드워프, 지금 저희의 무너진 건물이나 숲으로 변해버린 지형들을 일으키는 데 많은 도움이 되는 종족입니다. 받아들여야 할지, 말아야 할지……."

"이미 결정하신 거 아닌가요. 저는 그렇게 생각합니다만."

송 대통령은 최현길을 보며 미소를 지었다.

이미 결정은 했다.

드워프로 인해 누릴 혜택들을 놓칠 수는 없다.

"역시… 알고 계셨군요. 그런데 저희 말을 잘 따라줄지가 의문입니다."

"제 생각도 그러네요. 잘 설득을 하는 수밖에 없습니다. 언제 한 번 만나기로 했습니까?"

"지금… 이쪽으로 오고 있습니다. 아무래도… 하하하."

"그렇군요. 뭐, 어쩔 수 없죠. 같이 만나서 문제를 해결합시다."

송 대통령은 고개를 끄덕였다.

최현길이 새로 뽑힌 송 대통령을 좋아하는 이유이기도 하다.

적당히 남들 의견을 듣고, 필요하다면 내키지 않더라도 고개를 숙이거나 나쁜 일도 한다.

너무 착하기만 한다면 당할 수밖에 없는 게 정치계 인생인데 송 대통령은 적당하다.

그래서 좋다.

하루는 진열되어 있는 물건들을 보고 눈이 휘둥그레졌다.

상상했던 것보다 더 놀랍고 어떻게 이러한 장비들을 만들었는지 참, 대장장이 장대은을 보여주면 좋아할 만한

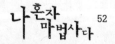

것들이었다.

환상의 레이피어

찌르기 용의 짧고 예리한 검이다.

가늘지만 찔러도 휘지 않도록 무게감이 있다.

드워프의 손길이 닿아서 만들어진 레이피어의 모습을 보기만 해도 두려운 신기루를 상대에게 나타낸다.

아다만티움으로 마무리 작업을 해서 4서클 이하의 마법을 무시한다.

공격력 : 250~318

내구도 : 98

옵션 : 스킬 '날카로운 송곳' 사용 가능. 스킬 '예리한 칼날' 사용 가능.

핏빛 코가라스마루

헤이안 시대, 일본에서 만들어진 타이라 가문의 보검과 흡사한 검이다.

몸체의 반 넘게 양날 검으로 되어 있어 찌르기에도 사용하기 쉽다.

무게가 약 2kg 정도로 무겁지만 그만큼 살상력이 뛰어나다.

이 검에 베이면 체력을 조금씩 흡수당한다.

많이 사용했는지 검 곳곳에 핏물이 들어 있다.

공격력 : 300~ 340

내구도 : 57

옵션 : 스킬 '광란의 검' 사용 가능. 패시브 스킬 '흡수'
생성.

"크아… 대단하네."

무기는 최소한 공격력이 300은 되고 그 귀하다는 스킬
또한 두 개 이상이 달려 있었다.

무기 말고 다른 방어구들도 마찬가지였다.

무시할 수가 없는 장비들이었다.

전장의 클로스 아머

천갑옷이다.

면을 넣고 누빈 것으로 때리기 공격이나 베기 공격을 약
화시키는 데 유용하다.

갑옷이 발달하면서 사장되어 갔지만, 드워프의 손재주와
드레곤의 가죽을 실로 뽑아내어 만들었다.

방어력이 뛰어나며 행동에 지장을 별로 주지 않는다.

이 아머 위에 갑옷을 더해 입을 수도 있어서 높은 효율성
을 자랑한다.

전투할 때 착용자의 힘 20%와 민첩성 10%를 상승시켜

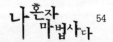

준다.

전투 시에 착용자의 몸을 보호하는 얇은 보호막을 3분간 생성할 수 있다.

일단 이것만 봐도 알 수 있었다.

드워프, 장난 아니구나 하고 말이다.

쭉 둘러보는데 활이나 창, 방패 등 쓸 만하고 딱 봐도 비싸다는 말조차 무색할 만큼 엄청난 것들이 있었다.

"다 직접, 아니 여기서 만든 겁니까?"

"네. 재료가 별로 없어서 그리 좋은 물품을 뽑아내진 못했지만 나름 잘 나와 줬네요. 혹시 뭐 탐나시는 거라도……."

물론 탐나는 거야 많다.

그러나 마법사를 두려워하는 이들에게서 좋지 않은 모습을 보인다면 나중에 좋지 않은 결과를 가져올 뿐이었다.

'그리 좋은 물품을 뽑아낸 게 아니라… 정말 마음에 드는데. 제대로 뽑으면 흐…….'

추후를 기대하는 것이 훨씬 현명하다.

하루가 속으로 웃고 있을 때 싱크홀 상공에서 헬기 소리가 들려왔다.

이게 무슨 소리인 줄 모르는 드워프들은 안절부절못하

고 움직여댔다.

"대표로 가실 분은… 로퍼?"

"네, 저희 종족들이 원하는 건 제가 잘 알고 있으니까요."

헬기에서 줄로 된 사다리를 내려줬다.

가만히 로퍼를 보던 하루는 로퍼를 껴안고 플라이 마법을 사용했다.

바람에 살랑거리는 사다리를 오르는 것보다 이게 훨씬 빠르고 좋은 방법이었다.

로퍼가 생각보다 나이가 많은 것 같았다.

혼자 대표로 간다고 말을 했음에도 그 누구도 나서서 반대하거나 하는 드워프가 없었다.

열린 헬기의 문으로 탑승한 하루는 드워프를 먼저 앉히고 그 옆에 조용히 등을 기댔다.

'무조건 받아들이겠지. 이런 재주를 가진 종족들인데 설마 뭐 재고 따지고 하겠어.'

하루가 생각을 하는 동안 헬기는 청와대 옥상에 도착했다.

옆에서 로퍼가 이 물건은 뭐고 어떻게 하늘을 날 수 있냐고 물었지만 계속 무시했다.

과학적인 것은 하루도 알지 못했기에 나중에 알려준다고만 했다.

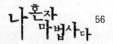

헬기에서 내리니 최현길이 반겨줬다.

청와대의 안쪽으로는 그다지 많이 들어가보지는 않았다.

이번이 두 번째라고 할 수도 있었다.

그동안 최현길을 만나기 위해서 국가능력자 관리부 건물로 오갔으니 말이다.

"어서 오세요."

"드워프 '로퍼'라고 합니다."

"저는 '최현길'이라고 합니다. 삶의 터전을 일구는 데 도움을 줄 국가능력자 관리부 국장입니다."

간단한 인사가 이뤄지고 하루와 로퍼를 데리고 최현길은 송 대통려이 있는 사무실 문을 두들겼다.

로퍼는 긴장을 하고 있었다.

딱 봐도 높은 사람이 있을 법한 곳이었다.

"드워프 로퍼, 예를 올립니다. 만나뵙게 되어 영광입니다."

"아… 그, 일어나세요. 여기서는 그렇게 할 필요가 없습니다."

송 대통령은 로퍼의 갑작스러운 절에 놀라서 다가왔다.

로퍼는 메르헨에서 왕을 알현할 때나 귀족들을 만날 때 했던 인사 그대로 했던 것뿐이었다.

'그러고 보니 난 여기 없어도 되는데.'

따라온 것은 순전히 드워프 행방이 어떻게 될까 호기심 뿐이다.

일단 모두 착석을 하고 제일 먼저 송 대통령이 말을 꺼냈다.

"지상에서 살고 싶으시다고요."

"네, 그렇습니다. 저희는 햇빛과 밤하늘을 보는 낙, 작품들을 제작하는 낙으로 삶을 살아갑니다."

"이곳 사람들의 시선도 있을 것이고, 여러 가지 문제가 좀 있습니다. 땅 문제도 있고… 여러 가지 세금이나 그런 것들도…….."

최현길은 '좀 어렵겠다…'라는 표정으로 송 대통령의 옆에서 말을 했다.

로퍼는 그 말을 심각하게 받아들였다.

메르헨에서도 땅 문제 같은 것과 세금 문제가 심각하다.

민감할 수밖에 없는 문제다.

'됐어. 이렇게 점점 어려운 부탁을 들어주겠다는 식으로…….'

어디서든 써먹는 수법이었다.

최현길의 속셈은 이렇게 말을 하고, 나중에 뭐든 쉽게 부탁을 할 수 있게 할 생각이었다.

송 대통령도 이런 것쯤은 눈치를 채고 있었다.

이미 자신의 허락은 받았고 땅도 지금은 여기저기 널려 있다.

"땅은 제 목장이 있고, 세금도 뭐… 제가 낼게요. 드워 프, 제 목장에서 같이 지내죠."

"이…하루 씨?"

"아, 아니. 그, 그렇게 쉬운 문제가…….."

"감사합니다! 감사합니다!"

송 대통령과 최현길은 진심으로 당황했다.

하루는 드워프 종족이 나라가 해주는 것으로는 이곳에 서 살기 힘들겠구나 싶어서 말을 한 것이었다.

로퍼는 진심으로 고마워했다.

이런 문제를 단번에 해결해주다니, 마음이 확 끌려 넘 어갔다.

"돼죠? 최현길 국장님."

"이하루 씨, 세금이 많이 나올 텐데… 땅도 드워프 전 부를 수용할 수…….."

"세금은 뭐, 중형 몬스터 더 잡고. 땅은 목장 주변 거의 다 사놨어요. 괜찮아요."

최현길은 입을 딱 벌렸다.

드워프가 목장에서 살게 된다면 여러 가지 도움들을 받 기가 좀 어려워진다.

건물을 세우는 일이나 국가 차원에서 사용할 장비들을 만드는 일에 대해서 하루가 간섭하게 된다.

문제가 생기게 된다면 하루가 변호사나 전문가들을 사서 해결하려 든다면 일은 것 잡을 수 없다.

"감사합니다. 생명의 은인이십니다!"

"저기, 이하루 씨……."

"됐죠? 그럼 갑시다."

하루는 자리에서 일어났다.

로퍼도 마찬가지였다.

바로 이익이 될 수 있는 것을 바로 앞에서 뺏겨버린 것이다.

송 대통령은 뭐라도 어떻게 해보라는 듯 눈짓을 보냈지만 최현길이 지금 상황에서 할 수 있는 건 없었다.

어버버버… 하며 나가는 곳까지 배웅을 하고는 그대로 끝.

최현길은 돌아서서 회의를 소집했다.

드워프를 어떻게 빼내고 이용을 할 수 있을까에 대한 내용이었다.

우선 로퍼를 드워프 종족이 있는 곳까지 데려다주고 하

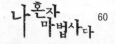

루는 목장, 집이 있는 곳으로 왔다.

목장에서 같이 사는 식구들이 꽤나 있기 때문에 의견을 물어보기 위해서였다.

가으하네나 말랑이는 별로 신경을 쓰지 않을 것이다.

제일 위험한 것은 채령뿐, 하루는 목장을 둘러보며 채령을 찾았다.

"아, 여기 있었어?"

"주인님."

목장 한편에 만들어져 있는 자그마한 화원.

요즘 채령은 그것을 관리하는 맛에 산다.

이곳에서 사는 다른 남자들처럼 땀냄새를 풍기며 지내는 것이 아니었다.

유일하게 눈을 정화할 수 있는 곳이 여기였다.

채령의 복장은 펑퍼짐하지만 뭔가 애매한 느낌을 주면서 살며시 미소가 지어지게 하는 힘이 있었다.

"저기… 물어볼 게 있는데."

"그전에, 씻고 와요. 냄새! 사냥 다녀오면 샤워부터 하는 거예요. 어서."

채령은 하루의 등을 떠밀었다.

빨리 말을 하고 드워프들을 데려오고 싶었지만 채령도 고집이 여간 는 게 아니었다.

어쩔 수 없이 말을 꺼내려면 튀긴 피와 흘린 땀들을 닦아내야 했다.

시원하게 샤워를 급하게 하고 나오자, 채령이 화원 중간에 놓여 있는 테이블에 앉아서 하루를 기다리고 있었다.

다과와 함께 따듯한 차를 준비해둔 채령은 하루가 와서 앉자 찻잔에 따라줬다.

"무슨 할 얘기 있어요? 주인님."

"그게, 일단 상의를 하고 결정을 해야 했었는데 드워프가 목장으로 이사를 오게 되었……."

"드워프? 드워프요?"

'이사'라는 단어를 듣고 채령은 인상을 찌푸렸다.

다시 생각을 해보니 드워프가 이사 오는 것은 여러 가지로 쓸모가 많을 수도 있겠다는 생각이 들었다.

"목장을 여러 가지 조형물들로 작품성 있게 변화를 시켜서… 그냥 여긴 목장이 아니라 마을이네요, 마을. 주인님 마을."

딱히 기분 나쁜 말투는 아니었지만 약간 비꼬는 듯한 단어 선택이었다.

하루는 마을이라고 하니까 정말 그렇게 생각해도 되겠다 싶었다.

드워프가 이곳으로 온다면 목장에 사는 가구 수가 기하급수적으로 늘어난다.

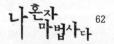

가으하네와 말랑이, 채령이 살고 있는 하루의 집과 성기사단의 집 몇 개, 거기다가 드워프들의 집까지 지어진다면 웬만한 마을은 된다.

드워프들의 작업실들도 만들어질 것이고, 볼거리가 많아지는 것은 사실이었다.

"그럼 허락한 걸로 알고. 앗뜨뜨!"

하루는 찻잔에 담긴 차를 원샷하고 일어섰다.

혀가 뜨거운지 난리였지만 금방 수그러들었다.

"허락을 하든 안 하든… 벌써 이사 오게 됐다면서요. 에휴…….."

"착한 채령이. 역시, 좋아. 좋아. 드워프들이 그렇게 액세서리들을 잘 만든다던데. 그거 먼저 부탁해야겠네."

"…딱히, 저는 필요 없는데."

얼굴에 좋다는 표정을 다 드러내면서 고개를 돌리는 채령의 모습에, 하루는 다시 하늘마차에 탑승을 했다.

어서 이사를 오라고 드워프들에게 말을 해주고 도울 것이 있다면 도와줄 생각이었다.

상공을 빠르게 날다가 휴대폰이 울렸다.

유정이의 이름이 써 있었다.

아무래도 걱정이 돼서 전화를 한 것 같았다.

"여보세요?"

―응, 어떻게 됐어? 잘 해결됐어?

"당연하지, 내가 누군데. 근데 거기서 드워프들을 발견했다. 우리 목장에 이사 오기로 했어."

─뭐? 드워프? 와… 이러다가 목장이 아니라 거기 한국에서 독립된 나라 되는 거 아니야?

유정은 '큭큭' 하고 웃었다.

별다른 할 말은 없었기에 유정은 오일 사뒀으니까 일 끝나면 오라는 말만 하고 전화를 끊었다.

그러니 하루의 행동은 더욱 빨라졌다.

하루의 목장 집에서 조금 떨어진 곳, 성기사단의 집들이 포진해 있는 곳의 옆쪽에 드워프들이 어색하게 두리번거리며 등에 자기 키보다 더 큰 짐들을 싸가지고 도착했다.

"주인님, 드워프가……."

"이제 여기 목장에서 같이 지내기로 했어. 좋지?"

"드워프는 최고의 대장장이 종족이지. 대단하군!"

성기사단들이 좋아했다.

무뎌진 자신들의 목숨과도 같은 검들을 조금 더 업그레이드시킬 수 있다는 생각이었다.

가으하네도 말은 하지 않았지만 대검과 드워프를 번갈아 보며 관심을 가졌다.

특히나 제킬이 고개를 끄덕이며 흐뭇한 표정으로 드워프들을 도우라고 성기사단 대원들에게 명령을 했다.

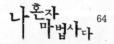

로벨리아 대원들도 소식을 누구에게 들었는지 와서 구경을 했다.

"이제 나머지는 저희들끼리 괜찮습니다. 정말 이 땅을 마음대로 사용해도 되는 겁니까?"

"네, 드워프 종족분들이 살 곳이니까요."

"일단 지낼 집과 작업실을 만들 겁니다. 소음은 최소한으로 줄이고 이 은혜는 꼭 보답하겠습니다."

"아닙니다. 은혜는⋯ 무슨⋯ 하하."

속으로 당연히 그래야지라고 말하며 웃어넘겼다.

드워프들의 작업은 짐을 전부 옮겨온 직후 바로 시작되었다.

목장에서는 망치 두들기는 소리가 울려퍼졌고, 소음은 최소화한다고는 했는데 최소화해도 좀 심했다.

뭐라고 하려고도 했으나 소음에 비해서 드워프들만의 건물들이 만들어지는 것이 신기하기만 했다.

건물을 짓는 각종 재료들은 하루가 결제를 해주었다.

모아둔 것이 돈밖에 없어서 별로 해준 건 없었다.

시멘트라는 것을 처음 접해본 드워프들은 신기해하며 적극 활용을 했다.

평소 사람들이 시멘트를 사용하는 것보다 더 좋고 기술적으로 뛰어난 방향으로 쓰는 것 같았다.

딱 보기에도 튼튼한 것 같았고, 비리나 뭐 그런 것은 없어 보였다.

"완공은 언제쯤 돼요? 겉보기에는 거의 다 된 것 같은데."

"아직 내부 쪽이 남았습니다. 훌륭한 재료들이 있어서 시간을 절반이나 단축할 수 있었습니다."

"말 편하게 해요. 로퍼 씨, 할아버지라고 해야 하나. 맥주 한 잔 얻어먹을 수 있을까요?"

"당연하죠!"

드워프 랜드가 거의 다 건설이 되었다.

요즘 그것보다는 하루가 드워프의 맥주에 관심이 쏠려 있었다.

약간 쌉쌀한 맛이 있었지만 시원하고 원래 맥주들보다 도수가 좀 높았다.

목을 확 뚫어주는 느낌과 함께 사과와 딸기 맛이 어우러지는 신비한 맛이랄까, 이것이 로퍼의 맥주였고 각자 드워프들은 자신들 만의 맥주 제조 기술이 있었다.

"크~! 이거 기술 좀 알려달라니까요. 진짜… 장사하고 싶네."

"크흠, 기술은 드워프들의 가보입니다. 아니, 가보다. 안 돼."

로퍼는 항상 정중히 거절을 했다.

진심으로 이런 맛은 한국에서 먹어본 적이 없었다.

친구들과도 먹었을 때, 나름 많은 맥주들을 먹었었는데 이건 도저히 어느 나라에서든 따라올 수 없는 맛이었다.

말을 놓고서 뭔가 좀 더 친근해진 느낌이다.

요새 식구들이 많이 생겨서 기분이 좋다.

성기사단과 가으하네의 친분이 좀 두터워져서 하루에 한 번은 볼 수 있는 얼굴들이다.

말랑이는 요새 외로움을 타서 암컷 강아지 한 마리 데려올까 생각 중이다.

채령이도 취미 생활들 여러 가지 하고 있고 사냥도 종종 나간다.

거기다가 드워프, 많이 친해졌다.

"진짜 마을… 만들어? 편의점이나 목욕탕이라던지…….."

심각하게 고민을 해봐야겠다.

그리고 드워프들은 이런 땅들이 많다면 식용 몬스터들을 키울 것을 권장했다.

어차피 이곳에 있는 사람들의 실력이라면 몬스터에게 당할 이유는 없으니 말이다.

"하…….."

하루는 집 앞 테이블 의자에 몸을 기대서 하늘을 쳐다봤다.

붉은 노을이 딱 보인다.

절경이라면 절경이라 할 수 있다.

차원이 열렸다.

위험할 것이라고 미리 경고를 받았는데 그다지 위험이라고 해야 할 건 없다.

얼마나 버텨야지 엄마를 찾아올 수 있을까.

"신기하군."

"그러게 말이야. 어떻게 인간 주제에 마나를 품을 수 있지?"

"그냥 마나가 아니다. 자연이다."

귓속으로 속속히 들려오는 목소리에 하루는 놀란 토끼 눈이 되었다.

하루 자신을 두고 하는 말이라는 것을 알고 있다.

눈치챘다.

그러나 주변을 둘러봐도 아무것도 없다.

그냥 지평선만 쭉 이어져 있는 것인데 말소리만 들린다.

"인, 인비! 디텍트 인비저블!"

"허, 대단한…데? 방금 진도 없이 마법을……."

"넌 뭐냐. 어떻게 그리 쉽게 5서클 마법을!"

총 세 명.

로브를 입은 자들이었다.

마법사의 것처럼 보이는 지팡이도 들고 있으며 마법사

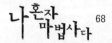

모자도 쓰고 있었다.

나이는 40대 정도, 남자 둘과 여자 하나였다.

하루는 즉시 갑옷으로 갈아입고 그들을 째려봤다.

공중에 있는 낯선 손님을.

"너흰 뭐냐."

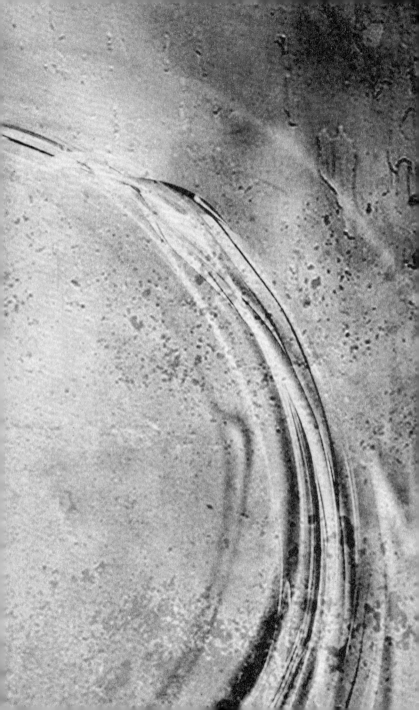

흑마법사

　세 명은 하루의 물음에 귀엽다는 듯 미소를 지었다.

　허공에 떠 있는 것이 플라이 마법을 쓴 것 같은데 내려올 생각은 없어 보였다.

　"너와 같은 마법사지. 앞에 '흑'이 들어가긴 하겠지만."

　"이런 대단한 인재가 이 지구라는 차원에 있다니, 놀랍네."

　"나를… 죽이러 온 건가?"

　남자 흑마법사 한 명은 고개를 갸웃거렸다.

　자신도 잘 모르겠다는 얘기겠지.

"그건 네놈이 하는 걸 봐서 정하는 걸로 하지. 호기심이 가서 말이야… 다들 그렇지? 일단 내 소개부터 하지, 에반. 에반이라고 부르면 되겠고."

"이런 걸 왜 귀찮게 하는 거냐. 카사딘이다."

"데이즈, 나이는 묻지 않는 게 좋을 거야. 호호호."

'이놈들 지금 뭐하는 짓이지?'라는 생각이 머릿속에서 떠나질 않았다.

갑자기 나타나서 통성명이라니, 셋의 시선에 하루도 이름을 말할 수밖에 없었다.

"이하루."

"말이, 많이 짧네. 그래. 여기저기 관찰한 바로는 여기가 동방예의지국이라는 예의 바른 곳이라고 들었는데 말이야."

"지금 이렇게 불쑥 찾아온 것도 예의가 아닙니다만."

"난 이곳 사람이 아니지. 허 참… 말싸움을 하는 것도 참 오랜만이군."

하루의 표정은 냉랭했다.

왠지 기싸움에서 지면 안 될 것 같은 느낌이 들었다.

하루도 플라이 마법으로 허공에 떴다.

갑작스러운 행동에 피식— 하고 에반이 웃었다.

"카사딘, 이거… 실력 한 번 보고 말을 나눠야겠는데."

'젠장, 싸우려고 한 게 아닌…데.'

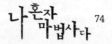

어쩔 수 없다.

딱히 싸우려는 모습은 지금까지 없었지만 하루의 도발 아닌 도발에 점차 다가오는 것이 보였다.

에반이라고 자신을 소개한 흑마법사를 보자니 혼자만 덤빈다면 이길 수 있을 것도 같았다.

그러나 뿜어져 나오는 위화감… 아니. 본능이 위험 상태를 나타냈다.

"살살해. 우리 하루… 다치면 안 되니까."

"그걸 말이라고. 후배…라고 해도 되나? 싫음 말고. 먼저 들어오던지."

여유롭게 하루를 기다리는 에반.

하루는 그런 에반을 보며 무슨 꿍꿍이가 숨겨져 있을까 생각했다.

한 방, 한 방이 강력한 게 마법이라는 것을 알고 있을 텐데 먼저 공격을 하라는 의도가 분명 있을 것이다.

아니면 하루를 얕보고 있거나 말이다.

"주인님……!"

채령의 목소리였다.

고개를 돌려 쳐다보니 채령과 함께 가으하네와 말랑이도 있었다.

가으하네는 아무 말이 없었고 말랑이도 마찬가지로 무슨 일인지 파악하는 듯 보였다.

"들어가. 들어가 있어."

"하지만 혼자서 괜찮으시겠어요?"

셋은 하루를 믿는다.

그러나 하루의 표정에서 읽을 수 있었다.

자신 없는 듯한 표정인데 감출 수가 없었다.

같은 마법사와 싸운 적은 게소 사라나, 게소 사라나밖에 없다.

경험상에서도 차이가 분명 날 것이다.

"아가들은 주인 말 듣는 게 좋을걸? 근데 데스 나이트가 여기 왜 있나⋯⋯?"

"저 녀석이 만든 건 아닌 것 같은데. 이상하네."

하루의 말에 제일 먼저 가으하네가 등을 돌렸다.

'흑⋯ 흑마법사. 내가 도와줄 건 없다.'

데스 나이트를 만드는 것은 흑마법 계열이다.

가으하네의 눈에만 보이지만 저들을 감싸고 있는 어둠의 양이 감당할 수 없을 만큼 많다.

그 어떤 말도 꺼낼 수 없었다.

"주인님⋯⋯."

"어서 들어가래도!"

말랑이가 하루의 호통에 채령의 어깨를 잡아서 집 안쪽으로 들어갔다.

말랑이도 걱정스러운 눈빛을 거둘 수는 없었다.

"자… 이제 정리가 좀 됐나?"

"문 라이트—"

하루는 즉시 손을 뻗었다.

6서클의 마법, 문 라이트는 상대를 달의 차가운 기운으로 얼려버리는 마법이다.

파이어—버스터처럼 날아가는 것도 없기에 지금 상황에서는 제일 좋은 마법이었다.

"다크 베리어— 역시 재밌어, 6서클 마법을 영창으로만?"

에반은 간단히 막아냈다.

책에 따라서 베리어는 7서클 마법, 저렇게 놀라면서 막아내는 것을 보면 하루처럼 말을 내뱉는 것으로만 마법을 쓰는 것은 아닐 것이다.

'메모라이즈. 메모라이즈다.'

그렇다면 물량 공세를 하다 보면 메모라이즈해두었던 마법들을 전부 쓸 수 있게 할 수 있다.

거기까지 생각을 하자 별거 아니라는 생각이 들었지만 그것뿐이 아닐 것이다.

"나와라. 다크니스 퀸. 죽음의 고리—"

"앱솔루트……!"

하루의 몸이 제멋대로 움직였다.

마치 뭔가에 홀린 사람처럼 강제로라도 움직일 수가 없

었다.

그렇게 3초 정도가 지나자 앞에 있는 에반이 소환한 다크니스 퀸을 볼 수 있었다.

"뭐야. 왜?"

"죽지 않을 만큼만, 까불지 말고. 퀸. 이하루라고 했나? 진지하게 하라고."

"이… 썬더 스톰!"

쿠과과광!

하루의 주변으로 번개들이 떨어졌다.

구름은 없었지만 허공 어딘가에서부터 떨어졌다.

다크니스 퀸은 자신을 노리고 떨어지는 번개들을 가볍게 피했다.

물론 에반도 마찬가지로 블링크를 써가며 피했다.

"먹을 것도 없어 보이는데 이런 건 왜 상대해서는……."

다크니스 퀸의 주변에 검은색 구체들이 마구 생겨났다.

피하려 했지만 어느 정도는 맞을 수밖에 없었다.

체력은 아직 그대로, 갑옷을 능가하지는 못하는 공격이었다.

그에 다크니스 퀸은 흥미롭게 손을 들어 올렸다.

"그럼 이것도… 뭐. 하앗!"

바닥에서 어둠의 손길들이 솟구쳤다.

목표는 하루, 눈에도 보였기에 하루는 즉시 블링크를 사용했다.

블링크를 사용한 뒤쪽에는 따뜻한 에반의 입김이 느껴졌다.

"날 주의 깊게 봐야지. 안 그래? 어둠의 격.노."

이 느낌은 상태 이상이다.

모든 것을 방어하는 앱솔루트 베리어를 시전하려 했지만 이미 늦었다.

하루는 기절 상태가 되어 플라이 마법이 해제되고 바닥으로 떨어졌다.

"여보세요? 최현길 국장님 맞으시죠!?"

ㅡ네… 채령 씨? 무슨 일로…….

"빨리 키퍼블들 소집해서 이리 보내주세요. 빨리요. 어서!"

채령은 들어가자마자 최현길에게 전화를 했다.

채령도 키퍼블로서 최현길의 연락처 정도는 알고 있었다.

다짜고짜 키퍼블들을 소집하라니 무슨 이유인가 싶었지만 일단 부하 직원들에게 전화 돌리라고 명령을 하고 최현길은 채령에게 다시 한 번 물었다.

ㅡ무슨 일입니까? 대형 몬스터라도 나타난 겁니까? 연락은 지금 돌리는 중입니다.

"이상한 사람이 셋 왔어요. 가으하네 말로는 흑마법사라고 합니다. 지금……!"

밖에서 싸우는 소리가 들려왔다.

소리가 작지만은 않았기에 최현길도 똑똑히 들을 수 있었다.

보통 사람이 아닌 것들이 왔구나 직감이 딱 왔다.

─상황을 더 자세히 알려주실 수 있나요? 채령 씨.

"밖, 밖에 일단 한 명이 주인님과 싸우고 있어요. 나머지 둘은 지켜보고만 있지만 둘도 보통 사람은…….."

─알겠습니다. 진정하시고 계세요. 사람이라면 총이나 폭탄 같은 것도 통할 겁니다. 군대도 같이 보내겠습니다.

최현길과의 통화는 그것으로 끊어졌다.

위협이 되는 것을 처리하기 위해서 최현길은 무엇이라도 할 사람이다.

가까이 있는 성기사단에게도 채령이 연락을 했다.

아무래도 더욱 빨리 올 수 있는 사람이 있다면 좋았다.

이미 계속 들리는 소음으로 눈치를 챘을 수 있었다.

"가으하네. 우리가 도와야 돼."

"나가면 죽을 뿐이다. 기다려, 그리고 믿어라."

"어떻게 그래! 저렇게 싸우고 있는데!"

"우린 짐만 될 뿐이다. 그리고 너도, 나도… 영혼만 빼어낼 수 있는 놈들이다.”

채령의 입이 꾹 다물어졌다.

커튼으로 가려져 있는 창문에 다가가 커튼을 걷어서 밖을 쳐다봤다.

‘이런 미친……!’

조그마한 불길을 에벤이 하루에게 떨어트렸다.

작지만 그만큼 고통이 컸다.

소리도 지르지 못했다.

정신은 깨어 있지만 몸은 기절 상태였다.

식은땀이 줄줄 흐른다.

차이가 이렇게 날 줄이야, 뭘 제대로 해보지도 못하고 당했다.

“끝났네. 간다.”

“오야, 나머지는 내가 알아서 해야지. 그치? 이하루. 이제 얘기할 준비가 되었나?”

갑옷이 쩌적— 하며 갈라졌다.

에벤이 뭔가 또 이상한 짓을 한 것이다.

갑옷이 없다면 거의 60%는 위험에 노출된 것이다.

하루는 그대로 힘을 풀었다.

싸울 의지가 생기지 않았다.

‘신과 약속한 부탁도 지키지 못하고, 엄마도 살릴 수는… 하…….’

"주… 죽일 거냐."

상태 이상이 풀리고 하루는 겨우 입을 열어서 에반에게
물었다.

"그것은 그쪽이 하기 나름이라고 하지 않았나. 그치만
내가 같은 종족을 쉽게 죽이진 않아. 죽일 이유가 없거
든."

"너흰… 신은 너희같이 메르헨에서 온 놈들이 죽길 원
한다. 나 아니더라도, 너희를 죽일 놈들은 어딘가에 있
다."

하루의 말에 셋의 얼굴 표정이 약간 심각하게 변했다.

"신의 말은 다 옳다고 생각하나? 이하루?"

"당연한 게 아닌가? 신은…….."

"신의 목적이 뭔지 알고나 이런 소리 하는지 몰라."

"지구의 차원 지배자는 에벰…이었나. 태초 신은 아니
지. 라헤르 그놈도… 후."

카사딘이 잘 생각이 안 난다는 듯 말을 내뱉었다.

에벰, 라헤르… 모두 하루는 처음 듣는 말이었다.

"여기… 신이 에벰이라는 이름이라고?"

"너희 차원 신 이름도 모르는 거냐? 그래, 뭐… 그럴 수
있지."

"목적이라는 건 또 뭐고, 요…….."

자꾸 반말을 해서인지 셋의 표정이 별로 좋지 않았다.

지금 저들이 손만 까딱하면 죽을 수도 있는 상황이다.

성질을 건드려서 좋을 것은 하나도 없었다.

"이제야 들을 자세가 조금 된 것 같군. 신의 목적은 말이야."

"내가 말할게, 에반. 상큼한 내가 말해줘야 이해가 조금 더 잘되지 않겠어?"

데이즈가 긴 생머리를 찰랑거리며 다가왔다.

"신의 목적, 우리가 있던 메르헨의 신 라헤르는 신의 권능에 도전하고 귀찮은 마법사들을 죽여서 차원을 지키고 원래 있던 자기 자리를 지키는 것이지. 이게 무슨 말인지 알겠나?"

'크기만 다를 뿐, 인간사랑 다를 것이 없…다.'

"정작 우리는 신에게 신경도 쓰지 않았다."

붉은 노을이 이제 거의 다 내려갔다.

주변이 어두워지고 있었고 이들과의 대화도 점차 무거워졌다.

"차원을 찾아내서, 신을 찾아내서, 신을 죽이려던 게 아니다. 우린 그저 뭐든 알고 싶었던 마음뿐이었는데 신이 간섭을 했지. 두려워서."

간단히 말하면 혼자 밤새 공부를 하고 있는데 전교 1등이 무서워서 자신을 죽이려 했다는 것과 같은 이치였다.

이렇게까지 말을 들으니 더 이상 신을 믿어야 하는지

말아야 하는지 고민이 되었다.

"신을 너무 믿지 말거라."

"그, 그치만… 난 아직 믿을 수밖에 없다. 엄마를 살려
야…….."

"…? 엄마?"

"직접 지옥으로 가면 되지 않냐, 이 지구 가운데쯤에
있는 걸로 알고 있는데, 지옥은 다른 차원이 아니라는 것
을 모르는 것이냐? 물론 그곳 애들이 좀 강한 축에 들긴
하지만 뭐…….."

에반과 카사딘, 데이즈는 하루에게서 등을 돌렸다.

이제 할 말은 다 했다는 뜻이었다.

"역시 있었어!"

"세 마리? 하루는? 이하루!?"

성기사단과 로벨리아, 이재영 그리고 뒤로 쉴더 오준영
이 이끄는 군대가 도착했다.

공중에 떠 있는 셋을 보고 잔뜩 긴장을 했다.

둘러보고 하루가 시선에 보이지 않자 이게 어떻게 된
일인가 싶었다.

"이것들은… 뭐지?"

"아까 그놈들이 친구를 불렀나 보군. 겁만 주면 될까
나?"

"그냥 가자고. 괜히 이 밤에 난리칠 필요 없잖아? 나중

에 다… 우리 동족의 먹이가 될 놈들일 텐데."

에반이 작게 '메스 텔레포트―'라고 외치더니 셋의 모습은 사라졌다.

유한정이 하루의 집 방향으로 뛰어갔다.

나머지 사람들도 뒤를 따랐다.

멍하니 있는 하루의 모습을 보고 안도의 한숨을 내쉬었다.

"이하루. 도대체 저 녀석들은… 뭐야?"

"…어떻게 온 겁니까."

"모두 다 최현길 국장님 연락 받고 왔다. 흑마법사라고 듣긴 했지만."

"별거 없습니다. 지금은… 혼자 있어야겠습니다."

하루는 앉아 있던 자리에서 일어났다.

몸 상태도 그렇지만 정신적인 문제가 더 컸다.

그냥 이대로 확 누워버리고 싶었지만 보는 눈이 많다.

뜻밖의 소란 때문에 찾아온 사람들에게는 미안했지만 하루는 문을 열고 나오는 가으하네의 어깨에 손을 올려 부축을 받았다.

"너 혼자만의 문제가 아니다. 이하루, 니가 강담하지 못하는 몬스터나 메르헨에서 온 생명체가 있다면 우리 전부의 문제다. 알겠어?"

"내일 다시 올 거야, 그땐 자세히 말을 해줘야 한다."

하루는 고개를 끄덕였다.

어차피 말은 해야 한다.

신에 대해서도, 지옥에 대해서도.

처음 차원의 법칙을 좀 깨서 특별한 인간들을 만드는 것에 성공을 했다.

게임화로 변화시킨 지구도 마찬가지였다.

특이하게 자연 친화력이 무한하게 높은 인간 마법사 이하루와 시간을 다루게 된 이재영, 엄청난 방어력을 자랑하는 쉴더 오준영 등.

"메르헨도 그게 문제였지."

이하루는 계속 신경 쓰며 봐왔던 인간이다.

하루가 본 것처럼 에벰도 세 명의 흑마법사를 발견할 수 있었다.

왜 진즉에 이 세상에 나타나지 않았을까 하는 의문이 있었지만 그 의문은 간단히 풀렸다.

그동안 이 지구에 대한 정보들을 모은 것이다.

모습을 드러내지 않고, 신인 자신의 눈에도 들지 않은 채 말이다.

"저놈들이 이곳에서 뭘 하려 할까. 라헤르?"

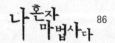

"메르헨과 같이… 행동을 하지 않을까 생각이 드는데. 저들은 저대로 놔두는 게 좋나? 가서 뭐라고 말을 하는 것이 좋을 수도 있는데."

"그건 아니야. 여기까진… 아직 오질 못 하지. 그것보다… 아직 더 숨어 있을 수 있다. 저런 놈들이."

에반, 카사딘, 데이즈와 같은 메르헨의 사람이 더 있을 수도 있다.

차원의 균열은 이미 열어 두었기에 어떻게 될지 모른다. 좁은 균열이지만 무슨 방법이라도 써서 이동을 할 수 있다.

"그럼 찾아야지. 이렇게 손을 놓고 있을 수 없는 거 아닌가?"

"라헤르, 나는 메르헨과 지구를 둘 다 구할 거다. 그와 같은 선택을… 할 수는 없다."

라헤르는 에벰의 말에 고개를 끄덕였다.

생명체들을 거의 잃는 그런 선택을 하는 건 어디까지나 최후의 계획이자 방법이다.

오랜 시간을 다시 기다리며 이 정도까지 일궈낼 수는 없다.

"다들 벌써 온 거야? 이 이른 시간에?"

다음 날.

하루는 일어나마자자 사람들을 만나야 했다.

일단 무슨 일이 있었는지 제일 궁금한 이재영과 오준영, 유한정과 조준호만 대표로 하루와 이야기를 나누길 원했다.

밤새 생각하고 어떻게 해야 하나 고민했다.

"빨리 말 좀 해보지. 왜 너를 살려둔 것이며. 그들은 누구고, 무슨 말을 했는지."

이재영이 재촉하며 인상을 썼다.

"신, 다들 신에게 약속 받은 것이 있죠."

"위험 요소들을 없애는 것이 우리 일이고. 그 보답으로… 약속 받았지."

"믿어요? 신을?"

네 명은 멍한 표정이 됐다.

지금 이 상황에 신을 믿냐니, 당연한 게 아닌가.

신인데 믿고 자시고 할 게 뭐가 있나.

"왜 그 얘기가 나오는 거야. 자세히 좀 말 해봐."

"우리는 살려야 할 사람들이 있죠. 그것을 약속 받았고요. 그런데… 어제 찾아온 흑마법사들은 왜 지옥으로 직접 가지 않냐는 듯 말을 했죠."

그 말인즉슨, 지옥으로 직접 간다면 누구를 살려낼 수도 있다는 뜻이었다.

언제 끝날지 모르는 이 메르헨과 지구의 동화를 기다릴 필요가 없다.

"그게 가능해? 지옥을 간다니?"

"이 지구 중앙 가까이에 있다고 말을 해줬어요. 가는 길을 찾아야죠. 계속 바닥을 뚫어버리던지."

"신을 못 믿어서, 메르헨에서 온 흑마법사라는 놈들의 말을 듣고 지옥으로 직접 찾아가자. 이거야?"

이재영은 어이없다는 듯 말을 했다.

하루가 왜 이런 말을 하는지, 갑자기 믿음이 사라진 계기가 있을 것이다.

그 계기가 어제 만난 흑마법사들이라고는 알겠지만 정확히는 알 수 없었다.

"신의 목적에 대해서도 말을 해줬습니다."

"목적?"

"신의 목적은 자기 자리를 지키는 것, 위험하고 어떻게 변할지 모르는 마법사들 혹은 그에 필적하는 생명체를 죽이는 거죠. 이게 말이 돼요? 난 솔직히 이해가 안갑니다. 아무 짓도 하지 않았는데 다짜고짜 간섭을 하기 시작했대요."

하루가 흥분해서 목에 핏대를 세우며 말을 이어 했다.

"저는 지옥에 가서 엄마를 되찾고, 여기서 그냥 편안히 살 겁니다. 평범하고 안전하게만 살 수 있다면 더 바랄 게 없어요. 여러분들 결정이 어떻든 간에 이제부터 제가 움직일 방향은 이쪽입니다."

"혼자서라도… 가겠다는 거예요?"

입을 다물고 듣고만 있던 오준영이 걱정된다는 듯 말했다.

하루는 망설임 없이 고개를 끄덕였다.

"그곳에도 몬스터가 있을 겁니다. 흑마법사들은 좀 강할 것이라고 말을 했으니… 이제 저랑 동급의 실력자들을 구할 겁니다. 전 세계적으로."

유한정과 조준호는 일단 생각을 해봐야겠다 말을 하고 일어섰다.

이재영도 일어나기는 했지만 어떠한 말을 하지는 않았다.

오준영은 호의적인 눈빛이었기에 별 신경을 쓰지 않으면서도 고마웠다.

탱커 정도는 반드시 있어야 했기 때문이다.

"다음에… 다시 뵙죠. 다들."

더 이상 할 얘기는 없다.

이제부터는 저들의 선택에 달려 있다.

하루를 따라서 지옥을 찾고, 그곳에 가서 소중한 사람들을 빼오던지 아니면 이대로 메르헨과 동화를 할 때까지 계속 기다리던지 말이다.

흑마법사들이 강하다고 할 정도면 대형 몬스터와 비슷한 수준일 것이다.

다른 나라와 소통이 원활하게 이뤄져야만 했다.

"일단… 방어구 먼저 해결을 해야겠네."

너덜너덜 깨져버린 방어구들을 생각했다.

드워프가 옆에 사니까 딱히 걱정은 되지 않았다.

더 좋은 것으로 맞춰 줄 것이니 말이다.

흑마법사들의 은거 하고 있는 곳은 숲으로 변해버린 도시 중 하나였다.

사람도 살지 않고, 귀찮은 몬스터 녀석들도 없었다.

가끔 들어온다면 간단히 먹이로 삼았지만 귀찮은 건 귀찮은 것이었다.

빛이 자그마하게 우거진 나무들 틈으로 시간이 멈춰버린 듯한 도시에 쏟아졌다.

햇빛조차도 잘 들지 않아서 이끼가 잘 서식한다.

"이제 계획은 뭐야?"

"…없다, 아직은 말이지. 에벰, 그 녀석도 이미 우리의 존재를 눈치챘겠지."

"어떻게 나오느냐에 따라서 움직이자는 거지? 카사딘."

카사딘은 고개를 끄덕였다.

나름 이 지구의 생활에 익숙해져 간다.

신기한 것도 많았으며 에벰이 건들지만 않는다면 사람들 틈에서 여러 가지 지식을 얻을 것이다.

"건들지 않는다면 우리도 건들지는 않지."

"그러기 쉽지 않다는 거, 알잖아. 라헤르와 에벰, 같은 신인데. 자기들 죽이려는 우리를 가만 두겠어?"

도시 중앙쯤 준비해 둔 테이블과 의자에 모여서 셋은 앞으로 행동을 어떻게 할까 의논을 했다.

마음 같아서는 학살 놀이라도 하고 싶지만 앞서 말한 대로 지식을 쌓고 싶다.

모든 마법사들의 마음은 같다.

지식 욕심이 높다.

에반은 갑자기 한숨을 쉬었다.

"거봐, 그러기 쉽지 않다고 했지?"

우거진 나뭇잎 사이로 흘러들어오는 빛의 양이 갑자기 많아지고 나뭇잎이 갈라지기 시작했다.

하얀색 날개를 지닌 자들이 내려왔다.

신의 대리자라고도 불리는 생명체, 천사였다.

"무슨 일 때문에 오신지는 알고 있겠죠."

"…직위가 도미니온즈, 아니면 오파님 정도 되려나? 에벰이 시킨 일이냐."

"어둠이 이곳, 세상에 있으면 안 됩니다. 처리 명령을 받았죠."

에반이 피식 웃었다.

약 10명 정도의 천사들이다.

지금 자신과 얘기를 나누고 있는 상급 천사 오파님 정도로 예측하고 있는 자 빼고는 중급이나 하급 천사들일 것이 뻔했다.

"겨우 이 정도로 우릴 잡으려고 하는 건 아니겠지? 그렇다면 완전 잘못 생각한 것인데. 알고 있지 않나?"

"이 정도면 어서 끝내고 쉬자고, 아~ 스트레스 쌓여서 나 참."

데이즈가 귀찮다는 듯 일어섰다.

둥둥 떠 있던 옆의 지팡이를 잡고 마나를 끌어 올렸다.

카사딘과 에반도 마찬가지로 전투 준비를 했다.

"물론 여러분들을 상대하는 데 저희만 온 건 아닙니다. 하급 천사라도 무시하면 안 될 겁니다. 메르헨과 여기는 다릅니다."

오파님의 말이 끝남과 함께 우거진 나뭇잎들이 싹 사라졌다. 그리고 하늘을 수놓고 있는 천사들의 모습이 드러났다.

아주 작정을 하고 온 것 같았다.

이렇게 많은 수가 고작 세 명을 잡기 위해 왔다니 말이다.

"에반, 얘네 멍청한 거야… 아니면 그냥 쓸모없는 놈들이야? 분리수거하려고 우리한테 보낸 건가?"

"다행히 귀찮은 7천사는 없는 것 같네."

"데이즈, 그래도 조심해. 그리고 오파님… 우리가 누군지 알고 왔을 텐데?"

에반은 천사, 오파님에게 물음을 던졌다.

그 물음을 한 이유가 뭔지 모른다는 뜻으로 고개를 갸웃거렸다.

"우리 마법사, 흑마법사든… 상대가 많을수록 강해진다는 것을 알고 있을 텐데."

오파님은 그저 입술을 질끈 깨물었고 에반의 눈짓에 데이즈가 먼저 지팡이에 마력을 주입시키며 공격을 시작했다.

"어둠의 꽃잎—"

데이즈의 영창에 주변에 있던 나뭇잎들은 검게 물들어서 허공으로 떠올랐다.

그 수는 셀 수 없을 정도였고, 천사들은 하얀색 날개를 펄럭이며 천사들의 무기인 홀리 웨폰들을 발동시켰다.

"천사들을 얕보지 마시길."

하루는 바로 드워프들의 집과 작업실이 만들어진 곳으로 갔다.

드워프들 중에서 제일 그나마 친한 드워프가 로퍼였기에 망설임 없이 찾아갔다.

"안 그래도 찾아가려고 했었는데. 먼저 이렇게 오네."

"저를…요?"

"어제 일 때문에, 어제 무슨 일이 있던 건가. 큰 소란이 일어나던 것 같았는데……."

"그것 때문에 부탁할 일이 생겼습니다."

로퍼는 뭐든 말해보라고 고개를 끄덕였다.

이미 뭐든 하루의 부탁이라면 들어줄 심산이었다.

이곳에 이렇게 햇빛 아래 자리 잡을 수 있게 도와준 것이 하루 덕분이기 때문이다.

"장비를 만들어주세요. 제가 쓰던 갑옷들이……."

프리벤트 − 사용 불가

순도 100%의 마나석을 녹여서 갑옷 형태로 만들었다.

관절들을 매우 신경 써서 만들었기에 움직임에는 불편함이 전혀 없다.

마나의 기운이 강해서 마나를 내뿜고 들여오는 성질 때문에 이 갑옷 주변엔 쉽게 다가가지 못한다.

순수한 마나만 받아들이고 그 외의 것은 차단할 것이기에 연인과 있을 때는 착용하지 않는 것을 추천한다.

대장장이 장인 장대은이 혼신의 노력을 다해 제작한 갑옷이다.

초당 흡수력 : 5%

체력 : +1000

착용자의 공격력보다 낮은 공격 무조건 방어.

착용자의 공격력보다 높은 공격 50% 확률로 방어.

프리벤트 로브 - 사용 불가

순도 100%의 마나석을 녹여서 만든 망토이다.

저절로 움직임에 방해가 되지 않도록 세심하게 재작되었다.

대장장이 장인 장대은이 특별이 신경 써서 만들었다.

더욱 튀는 듯한 디자인으로 저절로 바람에 흩날리는 듯한 이펙트가 있다.

초당 흡수력 : 5%

민첩성 : +10

망토에 스친 상대방 생명력 500 감소.

플라로우 - 사용 불가

순도 100%의 마나석을 녹여서 만든 신발이다.

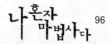

많은 양의 마나를 지니고 있어서 착용했을 때 공중에 낮게 어디서든 떠오르게 된다.

대장장이 장인 장대은이 혼신의 노력을 다해 제작한 신발이다.

마나를 사용하는 자들에겐 맨발로 다니는 듯한 느낌을 주며 전혀 무겁지 않다.

초당 흡수력 : 5%

민첩성 : +20

스킬 '대쉬' 하루 5번 사용 가능.

하루는 프리벤트와 로브, 플라로우를 전부 꺼내서 로퍼에게 건넸다.

완전히 다 찌그러지고 곳곳에 균열이 가 있었다.

사용 불가인 상태였다.

페나테스도 혹시 몰라서 꺼냈다.

"그나마 멀쩡한 것은 이것뿐이라."

"도대체… 무슨 일이 있었기에… 고치는 건 불가능합니다. 마나석으로 가공을… 누가 이런 생각을 했는지 모르지만 참 잘 만들긴 잘 만들었군요. 그렇지만 더 큰 마나의 영향을 받는다면 깨지기 마련입니다."

하루는 그제야 왜 이게 특별한 뭔가 공격을 받지 않고도 깨진 이유를 알 수 있었다.

기본적으로 하루의 방어구들은 마나석을 가공해서 만든 장비이다.

그 마나석의 용량을 초과하는 마나가 유입될 경우에는 물풍선이 터지듯 터진다는 말이었다.

혹시 몰라서 꺼낸 페나테스도 간단히 부러질 수도 있다는 뜻이었다.

"지금 재료가 없어서 그리 좋은 작품을 만들 수는 없다. 최선을 다해서 만들어 줄 수는 있지."

"방어구들과 무기… 무기는 지팡이로 만들어줬으면 합니다. 창 말고."

하루는 어중간히 움직이면 안 되겠다는 생각이 들었다.

마법사면 마법사답게 지팡이를 들어야 맞는 것이다.

끝으로 하루는 가능만 하다면 불에 대한 저항이 높았으면 좋겠다는 말을 했다.

'지옥'하면 생각나는 것은 화염이다.

그런 화염에서 쉽게 녹아버린다면 방어구도 소용없었다.

마법으로 막긴 막을 것이지만 그것도 한계가 있다.

"위력을 증폭시키는 지팡이, 방어구는 화염 속성 저항력이 높은 것… 최대한 신경 써서 만들어 보도록 하지."

"부탁…합니다. 최대한 빨리요."

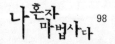
나 혼자 마법사다 98

하루는 로퍼의 작업실을 빠져나와서 휴대폰을 들었다.

"최현길 국장님."

―네, 이하루 씨. 그렇지 않아도 연락 기다리고 있었습니다.

"제가 사무실로 가겠습니다."

만나서 얘기를 하는 것이 제일 좋은 방법이었다.

하루는 마차를 타고 빠르게 최현길이 있는 국가능력자 관리부에 도착했다.

바쁜 직원들의 모습이 눈에 들어왔다.

나름 이름이 있다는 키퍼블도 눈에 속속히 보였다.

그동안 무시하고만 지나쳤는데 하나하나 이 시국에는 확인을 하고 모아야 했다.

똑. 똑.

"네, 들어오세요. 이하루 씨."

"이야기는 대충… 쉴더에게서 들었겠죠. 최현길 국장님."

"세계에서 실력자들을 찾는다고요."

최현길은 고개를 끄덕이며 말했다.

옆에 있던 서류 뭉치를 하루의 곁으로 밀었다.

"이미 다른 나라와 우리는 소통을 시작했습니다. 각 정부에서 파악한 키퍼블들입니다. 예상대로 다들 재정 상태는 좋지 않습니다. 그들이 이하루 씨, 말을 들어줄지

듣지 않을지는 모릅니다."

"연락은요? 해보셨어요?"

"그 사람들 중 원하는 사람이 있다면 직접 연락을 해보는 게 좋겠습니다. 하지만 저는… 가지 않았으면 좋겠습니다. 어딘지도 모르고 무슨 위협이 있을지도 모르는데 간다는 건… 반대입니다."

하루는 최현길의 말에 최현길의 눈을 쳐다봤다.

"주변 사람들… 다 살아 있죠? 한국에서 일어나는 모든 일들에 대한 정보를 알고 있는데 소중한 사람들을 위협에 노출시켰을 사람이 아니죠. 최 국장님은요. 사람들은… 소중한 사람들을 잃은 사람은요. 어떻게 해서든 그 사람을 살리고, 구하고 싶은 마음뿐입니다. 아시겠습니까?"

"이하루 씨가 죽는다면 저희 나라는 소중한 인재를 잃는 겁니다. 물론 다른 나라들도 마찬가지겠지요."

"사람이 우선시돼야지, 국익이 우선시돼서는 안 됩니다. 그들도… 사람이라면, 살리고 싶다면 가겠죠."

하루는 서류 뭉치를 집은 뒤, 쇼파에 기대서 한 장 한 장 세심하게 넘겼다.

대부분 유한정과 조준호처럼 일반 무기와 능력에서 거의 정점에 오른 사람들이었다.

국가에 대한 내용도 쓰여 있었다.

우리나라에서 가까운 일본은 현재 바다 몬스터들의 공

격 때문에 시름시름 앓고 있다는 내용이다.

몬스터들과 방사능이 서로 뒤섞여서 일반 다른 나라의 몬스터들보다 강하다는 정보였다.

미국은 나름 잘 살고 있다는 내용이 쓰여 있었는데 도시를 둘러싸는 벽을 세우고 철저히 왔다 갔다 하는 사람들을 검사하고 억제하고 있었다.

중형 몬스터에 대한 것도 있는데 우리나라와 같이 레이드를 통해서 그 개체수를 어떻게든 없애려 하고 있으며 자원으로 사용하고 있다는 정보였다.

"다 똑같네요. 결국 상황은."

"지금 이 상황들이 지속된다면 일본은 해산물을 섭취하지 못하고, 미국은 도시를 뺀 전부가 몬스터들의 마을이 됩니다. 다른 나라들도 마찬가지구요."

"근데 이 빨간……."

"붉은 테두리로 되어 있는 서류의 사람들이 바로 이하루 씨가 찾는 사람들일 겁니다. 그들은 블랙 워커의 정보를 받았기에… 정확할 겁니다."

오랜만에 듣는 블랙 워커에 대한 이야기였다.

정부나 선의의 사람들이 알았다면 블랙 워커라는 어쌔신 단체는 없어져야 맞는 것이지만 여러 곳에서 보호를 해주고 있었고, 또한 정보의 양도 많아서 쉽게 없애지 못하는 곳이었다.

마음만 먹는다면 없애는 것이야 간단하지만 이러한 첩보 활동도 곧잘 해내고 있었기에 그럴 필요성을 느끼지 못하는 것뿐이었다.

"…중국이 만만치 않네요. 러시아도……."

싸움이나 무협, 전투에 대한 것을 생각한다면 사람들이 많이 떠올리는 것이 소림사다.

어렸을 때부터 엄청난 수련들을 하는 이 사람들은 역시 기대를 저버리지 않는 능력을 지니고 있었다.

러시아의 특수 부대도 마찬가지였다.

하루에게 전혀 꿀리지 않는 능력치를 자랑하고 있다는 정보가 서류상에 명시되어 있었다.

"이런데도, 대형 몬스터는 잡지 못한다고요? 방치만 해두고……."

"만약 그들이 이하루 씨의 부탁을 거절한다면 대형 몬스터의 처치를 도와주고 다시 부탁하는 방법이 있습니다."

최현길의 말에 고개를 끄덕이며 하루는 서류를 다시 한 번 쳐다봤다.

대형 몬스터의 존재는 항상 부담스럽다.

아바칸과 같이 어마무시한 능력을 지닌 대형 몬스터는 아니지만, 그에 필적하는 능력을 지닌 대형 몬스터들이 각 나라에 하나씩은 꼭 포진해 있는 것이다.

나라에서도 그 때문에 골치 아파하고 있기도 하다.

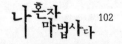

그래서 한국에 도움 요청을 하면서 최현길에게 정보도 보내준 것이다.

"도와달라고 보낸 거군요. 결국."

최현길이 전부 블랙 워커에게서 정보를 받은 게 아니다. 대부분이 각 나라에서 도움 요청을 하며 정보를 보낸 것이었다.

"뭔가 얻고자 하려면… 가야겠죠."

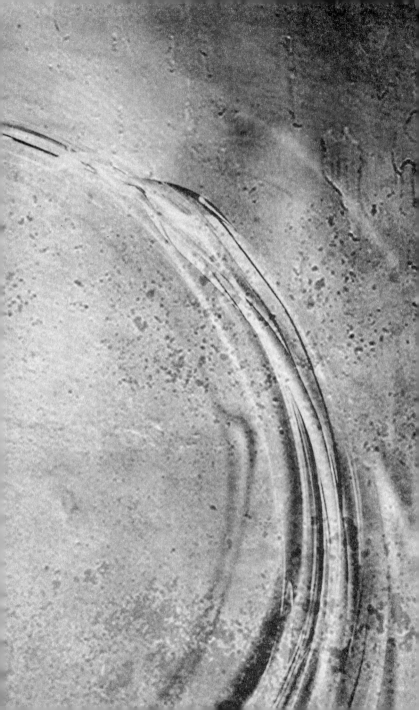

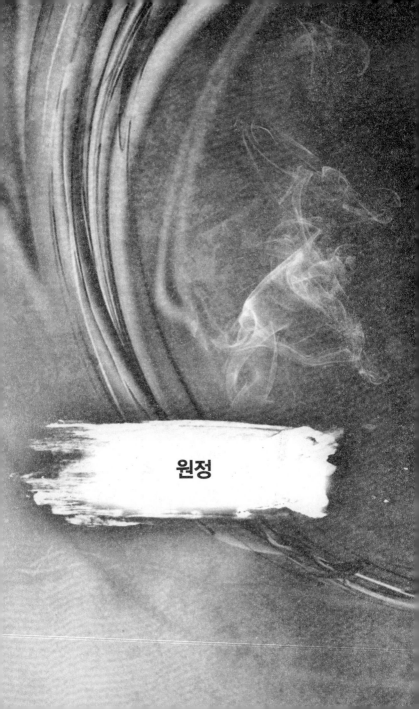

원정

하루가 다른 나라로 원정을 뛰러 간다는 것이 소수 키퍼블들에게 알려졌다.

오준영은 이미 따라가겠다고, 뜻을 함께하겠다고 연락을 해왔고 나머지 사람들은 아직 생각 중인 것 같았다.

다 같이 가서 문제를 해결하고 와도 좋지만 하루 혼자… 아니, 오준영만 있어도 별로 나쁠 건 없어 보였다.

지옥으로 향하기까지는 아직 시간이 남아 있으니 말이다.

"장비를 받는 대로 떠나기로 마음먹었습니다."

"드워프에게 부탁을 하신 겁니까?"

"뭐… 그렇죠. 처음 갈 곳은 미국입니다. 먼저 미국을 해결해 놔야 할 것 같네요. 원활한 소통과 여러 일들을 같이하려면요."

최현길은 고개를 끄덕였다.

그렇지만 아직 하루의 말은 끝나지 않았었다.

"그 세 사람… 이제 보내줄 때가 되지 않았나요."

"세 사람이라면 서스러와 파르데, 파라데 님 말입니까?"

"많이 빼먹었으니 이제 원래 살던 나라로 되돌려 보내야죠. 가서 저도 좀 돕구요."

정말 억지로 잡아놓고 있던 세 사람이었다.

급해서 하루를 데리러 왔지만 여러 가지 일들로 인해서 미국으로조차 되돌아가지 못하고 있는, 그런 상황이었다.

하지만 이제는 놔줄 때가 되었다.

계속 있을 수야 있다면 한국에 많은 도움이 될 테지만 언제까지 이렇게 강제로 억류하고 있을 수만은 없는 일이었다.

"사실. 그들도 고향이 그립지만 그다지 가고 싶다는 말은 나오지 않고 있습니다."

"아니, 고향에 되돌아가고 싶지 않다고 해요? 왜?"

"나라를 위해서 이곳에 들어와서 나가지도 못하고 있는데 그 흔한 연락이나 나라에서 뭘 해주지도 않고 있으니 서운한 거죠. 뭐… 장난스럽게 복수한다는 말도 한 것 같은…데."

그런 이유라면 이해가 갔다.

자신을 버렸다고 생각할 테지. 그러나 미국의 이야기를 듣지도 않고 마음대로 판단하는 것은 안일한 생각이다.

지금 미국 상태가 어떤지, 어떤 상황인지 하루는 서류상으로 정보를 접해서 이미 알고 있었다.

'대형 몬스터와 일반 몬스터들이 더욱 많이 공급이 돼서 그걸 막느라 지금 정신이 없지.'

"음… 일단 그 세 분 좀 불러주세요. 말은 해야 할 겁니다. 이미 다른 나라로 제가 간다는 소식은 알고 있을 겁니다."

"하루에 한 번은 꼭 이곳에 오니까, 아마 조금만 기다리면 도착할 겁니다."

똑. 똑.

최현길의 말이 끝나기가 무섭게 문을 두들기는 소리가 났다.

호랑이도 제 말 하면 찾아온다더니 딱 그 속담에 맞는

상황이었다.

"네, 들어오세요."

"최 국장님! 이하루 씨가 다른 나라에 간다고! 어."

"이하루 씨."

하루는 문을 열고 들어오는 세 사람의 모습에 일어나서 악수를 건넸다.

나름 쫌 오랜만에 보는 얼굴들이었다.

저번에 흑마법사들이 왔다 갔을 때는 이미 상황이 종료된 다음에 출발했던 세 사람, 그냥 차를 돌려서 집으로 향했기에 보지 못했다.

"한국어, 많이 늘었네요."

"우리가 초큼! 머리가 좋아. 잘됐네. 무슨 일 있었어?"

"그치! 지금 그거 때무네 왔는데."

다짜고짜 흑마법사 때의 일을 묻는 것을 보니 아직 누구에게 말을 들은 것이 없다는 것을 알 수 있었다.

하루는 자리에 앉으라고 손짓을 한 뒤에 입을 열었다.

잘 알아듣지 못할까봐 최현길이 옆에서 통역을 조금 도와주기로 했다.

이재영과 유한정, 조준호에게 말을 한 것처럼 모든 상황들을 말했다.

"…그리고, 저는 미국을 도와주러 갈 겁니다. 지금 이 세 분처럼 뛰어난 능력자들을 모아서 지옥으로 갈 겁니다. 소중한 사람을 살리기 위해서요."

역시 이 세 사람들도 앞서 말을 들은 사람들과 같은 표정이었다.

복잡하고 뭔가 고민이 많은 듯한 표정이었는데 이들도 생각할 시간을 줘야 했지만 하루의 마음은 급했다.

"저는 장비가 준비되는 대로 출발할 것입니다. 그 전에 빠르게 대답을 해줬으면 합니다."

"쥐금. 대답합니다."

셋은 서로 한 마디도 나누지 않았으면서 눈빛을 마주보고 고개를 끄덕였다.

마음이 서로 같겠구나 생각을 하고 서스러에게 대답을 하라고 눈짓을 준 것이다.

"갑니다. 우리들의 나라, United States of America."

이제야 하루가 웃으며 일어섰다.

원래 갈 것이라고는 알고 있었다.

한국에서 사는 것이 오래돼서 저쪽에서 오지 말라고 해도 기회가 된다면 언제든지 억지로라도 가고 싶은 것이 사람의 마음이다.

"금방 연락드릴게요. 정리할 것 하시고. 저는 이만 가 보겠습니다."

로퍼가 만들고 있는 장비는 이제 곧 완성이 된다고 연

락을 받았다.

장비를 받는다고 해도 한국에서 저 세 사람들의 인간관
계라던가 생활하던 공간들을 정리할 시간을 주긴 줘야
했다.

미국으로 가는 이동 수단은 최현길에게 역시 부탁할 예
정이었다.

드워프가 원래 있던 싱크홀 지하의 탐사를 부탁할 때
약속한 것이 있었기에, 거절을 한다 해도 어쩔 수 없는
일이었다.

"로퍼 아저씨~?"

다른 곳에서도 망치질 소리는 멈추지 않았다.

한창 작업에 집중할 시간이라 날씨가 좋음에도 밖에 앉
아서 맥주를 즐기는 드워프도 없었다.

깡! 깡! 깡!

여러 드워프들이 안쪽에서 무언가 작업을 하고 있었
다.

로퍼는 혼자서 장비들을 전부 만들고 있던 것이 아니
다.

최대한 좋은 작품을 만들기 위해 실력 있는 드워프들을
모아서 머리를 맞대어 아이디어를 짜내고 제작을 한 것
이다.

"아… 로퍼! 마법사님 오셨네."

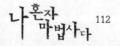

"엉? 잠시만."

로퍼가 멀리서 담금질을 하던 중 잠시 멈추고 하루에게로 왔다.

"완성은요? 된 겁니까?"

"이제 마무리만 남았어. 좀만 더 기다리면 돼. 그치!? 다들 다 되어 가는가?"

"예~ 예~ 다 되어 갑니다요~"

다들 나름 마음에 드는 물건이 나왔는지 장난스럽고 좋은 목소리였다.

금방 된다는 로퍼의 말에 하루는 믿고 기다리기로 했다.

어떤 물건이 나왔을지 궁금했다.

한 시간쯤 주변 풍경을 보고 왔다 갔다 했을까, 드워프들이 맥주 한 잔 하겠다면서 작업실에서 나왔다.

"다 된 거예요?"

"들어가 보세요. 로퍼가 기다리고 있습니다."

드디어 새로운 장비들을 받을 수 있구나 하고 설레는 마음으로 들어갔다.

작업실 딱 중간에 매달려 있는 장비들의 모습이 보였다.

처음 본 장비들의 모습은 전형적인 마법사 복장이지만 현대, 지금 지구인들이 입고 있는 옷을 약간씩 모습을 따서 디자인한 것 같았다.

"완성, 됐다. 나름 잘 나오긴 했지만, 메르헨에 있었던 재료들이 없어서… 안타까운데."

"괜찮습니다. 확인을 한 번… 해보겠습니다."

타오르는 모자

불길이 금방이라도 솟아오를 듯한 모습의 모자이다.

천에 드워프 특유의 강력한 불길을 응축시켜서 제작했다.

어지간한 불길은 무리 없이 막아낼 수 있는 힘을 지니고 있다.

현대인의 스냅백 모습을 본떠 만들었기에 시대에 뒤처지지 않는다.

기본 : 지능 +20

옵션 : 화속성 저항 +100, 스킬 '메모라이즈' 한 단계 강화.

타오르는 로브

천에 드워프 특유의 강력한 불길을 응축시켜서 제작했다.

생명의 룬이 로브 안쪽에 새겨져 있어서 착용자의 체력을 대폭 늘려준다.

크기가 커서 몸 안쪽은 편하지만 움직이는 데는 약간 불편할 수가 있다.

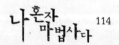

기본 : 지능 +30

옵션 : 화속성 저항 +100

생명의 룬 : 체력 +250

타오르는 신속의 신발

가죽에 드워프 특유의 강력한 불길을 응축시켜서 제작했
다.

신속의 룬이 새겨져 있어서 착용자의 민첩성을 대폭 늘려
준다.

착용 후 헤이스트, 플라이 마법의 능력을 한 단계 강화시
켜준다.

기본 : 지능 +10

옵션 : 화속성 저항 +50, 착용 시 스킬 '헤이스트', '플라
이' 한 단계 강화.

신속의 룬 : 민첩성 +20

하루의 입이 다물어지지 않았다.

화속성을 이렇게나 저항할 수 있다니… 그리고 지능도
60이나 상승, 거기다 체력과 민첩성까지… 정말 대단했
다.

특히 마법을 한 단계 강화시켜 준다는 것은 엄청난 메
리트였다.

"대단하네요……."

"이 지팡이에 제일 많은 힘을 쏟았지. 흠흠."

하루가 좋아하는 모습을 보니 로퍼도 기쁜 모습으로 목을 가다듬었다.

"이 지팡이는 우리… 드워프들과 친분이 있던 엘프에게 어렵게 1년에 한 번씩 세계수에게서 받은 나뭇조각을 사용해서 만들었지. 가져와서 다행이었네."

조심스럽게 로퍼가 지팡이를 하루에게 넘겼다.

딱 봐도 엄청난 아우라가 풍겨져 나왔다.

하루는 즉시 지팡이의 정보창을 열었다.

세계수 지팡이

세계수는 한 세계의 상징이다.

메르헨의 나뭇조각을 모아서 대장장이로서 최고의 실력을 지닌 드워프 '로퍼'의 작품이다.

따뜻한 세계수의 목소리가 환청처럼 들릴 수가 있으나 그 목소리는 듣는 이에게 힘을 실어주는 능력을 지니고 있다.

영원의 룬을 여러 번 새김으로써 내구도는 최강을 자랑하며 소지자의 행운을 올려준다.

기본 : 지능 +50

행운 : +20

옵션 : ???

"옵션이……???"

어차피 로퍼에게 물어봤자 그런 건 모른다고 할 게 뻔하다.

설명에 명시되어 있는 것처럼 세계수의 목소리에 대한 것이 옵션에 있는가 하고 추리를 한 뿐이었다.

"고맙습니다. 정말… 정말……."

"뭘 그 정도로, 괜찮아. 우리도 보호 받고 있는 입장이고… 이 정도는 해 줘야지."

로퍼는 이리 말하고 자신도 맥주를 마시러 간다며 가버렸다.

하루는 혼자 남아서 장비들을 착용했다.

몸에 딱 맞는다.

힘이 넘쳐나는 것만 같은 느낌이었다.

"이제… 장비는 준비됐고."

유정에게도 잠시 못 보겠다고 말을 해야 했다.

가으하네와 채령, 말랑이도 데려가야 할지 고민이고 말이다.

"일단 유정이를 먼저 만나봐야겠네. 머리가 복잡하다……."

뱀이 나무를 스르륵 올라가듯 부드럽게 느껴지는 촉감, 미끈미끈한 살결이 느껴진다.

유정은 하루의 가슴을 쓸어내리고 그 위에 몸을 기대서 오일을 발랐다.

유정 자신에게도 마찬가지, 중독 되어버릴 것 같은 느낌이다.

"후. 아… 으읏."

이미 딱딱하게 변해버린 유두에 부드러운 것이 닿을 때마다 움찔거렸다.

이제 얼마간 만나지도 못할 것이다.

원정과 함께 지옥에 대해서 정보를 캐야 할 것이니 말이다.

정보가 나온 다음에는 바로 출발할 것으로 계획을 잡았다.

유정이가 어떻게 반응을 할지 하루로서는 몰랐다.

"유정아… 좋아."

"나도 좋아… 하루야."

이 여자, 귀여워서 어떻게 두고 가지하는 생각이 들었다.

말을 해야 할 텐데 차마 말이 떨어지지 않았다.

하루와 유정은 서로 리듬에 맞춰 펌프질을 했다.

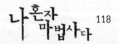

118

그러면서 동시에 이어지는 달콤한 키스, 정말 사랑을
하고 있다는 생각이 들었다.

"유정아, 나 지금……!"

"괜찮아, 해. 으… 으읏!"

둘은 껴안고 긴 여운을 느꼈다.

오일 때문에 약간 끈적한 느낌이 좋지는 않았지만 다시
서로를 보듬기 시작한다면 단단해질 것만 같았다.

팔베게를 하고 하루는 유정을 옆에 눕혔다.

"나 할 말 있어, 유정아."

"뭔데…? 또 어디 가는구나. 그치?"

"뭐야, 알고 있어?"

"니가 뭐 그렇지. 전에도 할 말 있다면서 어디 간다,
어디 간다 말해줬었잖아. 난 괜찮아, 마음은 요기 있잖
아?"

하루는 이미 눈치를 챈 유정을 꽉 껴안았다.

이 여자, 너무나도 하루를 잘 이해해 준다.

펌프질을 할 때보다 더욱더 사랑스러워 보인다.

유정은 좀 더 자세히 말을 해보라면서 하루의 눈을 쳐
다봤다.

"다른 나라를 도와주러 갈 거야. 도움 받을 일이 있어
서 내가 먼저 도와줘야 할 것 같아."

"무슨 도움 받을 일이 있는데? 근데 일본 가는 건 아니

지? 일본은 찬성 못해."

유정이 장난스럽게 찡그리며 하루의 콧등을 살짝 쳤다.

일본은 여러 가지 과거의 일들로 인해 유정이 유일하게 싫어하는 나라다.

하루도 뭐 딱히 좋아하지는 않았기에 고개를 끄덕였다.

"미국부터 가고, 상황이 정리되는 대로 가까운 다른 나라들도 갈 예정이야."

"우리 하루, 강하니까. 다치진 않을 거야. 그치?"

"당연하지. 근데 사람들을 모으고 나서는 잘 모르겠다. 지옥…으로 갈 거야."

흑마법사에게 당했다는 이야기는 유정에게 함구하기로 했다.

그런 위험한 인물들이 나타났다는 것을 유정이 알아서는 좋을 것이 없다.

쓸데없는 걱정만 시킬 뿐이었다.

"지옥? 그게 무슨 말이야?"

지옥이라는 말에 깜짝 놀랐는지 유정은 고개를 들어서 하루를 쳐다봤다.

하루는 그런 유정의 머리를 눌러서 다시 눕게 했다.

"그곳으로 가면 소중한 사람들을 살릴 수 있대. 강한

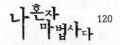

몬스터들이 있다는 정보가 있어.”

“하루야.”

“…꼭 살릴 거야. 그래서 내가 번 돈도 보여주고, 예쁜 유정이 얼굴도 보여주고, 밥도 먹고… 나들이… 엄마 보고 싶다.”

눈물을 흘리진 않았지만 약간 우수에 찬 눈빛이었다.

입은 웃고 있었다.

여러 가지 할 일들을 상상하는 것이다.

“그렇게 될 거야. 힘내야지.”

지금 유정으로서는 옆에서 응원밖에 해 줄 것이 없었다.

하루의 가슴에 손을 얹어서 토닥토닥 두들겨 줬다.

그러니 피곤했는지 금세 새근새근 고른 숨소리가 들려왔다.

하루는 자신의 앞에 있는 사람들을 유심히 쳐다보았다.

다른 나라로 원정을 떠날 때가 됐다.

유정에게 말도 했고 장비도 나왔다.

“오준영, 가으하네, 말랑이, 채령…이까지?”

"갈 거예요. 주인님 미국에서 외로우시면 제가……."

미국으로 원정을 가는 데 이렇게까지는 필요가 없었다.

물론 경험을 쌓으러 가는 것이 좋긴 하지만 하루 혼자서도 가서 충분히 도와주고 올 수도 있었다.

미국에도 키퍼블들이 있을 것이니 그들과 함께 힘을 합쳐서 대형 몬스터를 처치하면 될 것 같았다.

그런데 말을 꺼내자마자 무조건 가겠다는 채령이었기에 떼어 놓고 갈 수가 없었다.

레벨도 많이 올랐고 자기 한 몸 숨기고 도망치고 지킬 힘 정도는 갖춰져 있긴 하다.

"외로워요? 왜?"

옆에서 오준영이 채령의 말에 의문을 가졌지만 채령은 가볍게 무시했다.

아직 오준영은 너무 순수한 것 같았다.

"각자 챙길 거 다 챙겼고. 맞지?"

"네."

"목표는 미국을 도와주는 것, 살아오는 것이야. 잘 생각하고 가야 된다. 준영이 너도."

"몸 하나는 튼튼하니까 걱정 마시죠. 빨리 가기나 해요. 기다리겠어요."

비행기는 이미 준비되어 있었다.

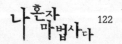

집이나 드워프들은 정부 차원에서 보호를 해준다 했
다.

목장에 남겨져 있는 성기사단도 있었기에 문제가 없었
다.

사실 하루에 대해서 사람들 사이에 여러 가지 말이 많
았다.

이번에 드워프가 이사를 오게 된 것도 어떻게 사람들이
알았는지 신기해하고 보기 위해 목장을 넘어서 들어오
는 경우가 허다했다.

하루도 중요 인물이고, 목장에서 살고 있는 다수가 사
실 한국에서 중요 인물이기 때문에 정부에서 군대를 지
원해서 일반 사람들은 들어오지 못하게 보호를 하고 있
었다.

"그래. 가야지……."

사실 떨린다.

비행기를 타는 것도 처음이고 미국이라는 낯선 땅에 가
는 것도 처음이었다.

하루는 일행을 데리고 인천 공항으로 향했다.

물론 사람들은 없었다.

비행이 중지된 지가 꽤 되었다.

미국으로 가는 활주로에도 여러 비행 몬스터가 날아다
닐 가능성이 있었다.

전에 서스러와 파르데, 파라데가 한국으로 돌아올 때는 정말 하늘이 도왔다고 해도 된다.

몬스터를 만나지 않았으니 말이다.

그러나 지금은 모른다.

가뜩이나 차원까지 열렸으니 더 있으면 있었지, 없진 않을 것이다.

"왔습니까. 모우두?"

공항에 도착하자 서스러가 제일 먼저 반겼다.

그다음 뒤로 파르데와 파라데가 나타나서 인사를 건넸다.

오늘 출발한다는 소식을 들은 뒤 바로 인천 공항으로 먼저 도착을 한 것이다.

아마 지금쯤 제일 설레고 긴장되는 마음일 것이다.

"오셨어요. 이하루 씨."

"최 국장님이 여긴 왜……."

"마음 같아서는 붙잡고 싶지만 어쩌겠어요. 뜻이 그런데… 대외적으로는 철저하게 보안 유지를 하고 있습니다."

최현길도 걱정이 돼서 직접 인천 공항까지 배웅을 온 것이다.

이렇게 걱정을 하는 이유는 전에도 말했다시피, 미국이 억류나 나쁜 소문이나 여러 사건에 연루시켜서 하루를

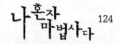

자신들의 입맛대로 조종을 할 수 있는 가능성을 염두에 두고 하는 것이다.

"어차피… SNS 하는 사람들은 알게 될 텐데요. 뭘."

"그래도 어느 정도 차이는 있습니다. 그리고 이상한 낌새를 미국 측에서 보인다면 꼭 그냥 돌아와야 합니다. 안전이 우선이니까요."

"알았어요."

사실 매스 텔레포트라는 마법이 존재한다.

여러 사람과 어디든 갈 수 있는 마법인데 왜 이 마법을 사용하지 않는 이유… 아니, 사용하지 못하는 이유는 '가보지 않아서'다.

가본 곳은 어디든 언제든 여러 사람을 텔레포트시킬 수 있다.

그러나 가보지 않은 곳은 사용이 불가하다.

그렇기에 이렇게 비행기를 부탁한 것이다.

"탑승하고 이하루 씨는 기장의 옆에서 비행기를 보호하기 위해 베리어 마법을 비행기 전체에 상황을 봐가면서 써주시길 바랍니다. 싸움이 일어나면 최대한 피하는 방법을 쓰는 게 좋을 겁니다. 마법에 휩쓸려서 비행기가 자칫 추락할 위험성이 있으니까요."

최현길의 말에 하루는 고개를 끄덕였다.

마치 중요한 작전을 수행하기 위해 명령 전달을 받는

요원들의 얼굴이었다.

전부 그만큼 긴장을 했다는 의미였다.

"탑승하겠습니다. 잘 다녀오세요."

"이게 비행기라는 것이었군. 참으로 커, 역시 메르헨과 문명이 많이 다르다."

가으하네가 신기하다는 표정으로 비행기를 쳐다보았다.

메르헨이라는 곳에서 알고 있는 것은 가으하네와 지금 목장에 있는 성기사단뿐이라서 최대한 많은 정보를 들으려 했다.

어떻게 생겼으며 정말 귀족이나 왕, 그런 것들이 있는지 위험했던 몬스터는 없었는지 억지로라도 생각 한 번 하고 생각이 날 때마다 말을 해달라고 했었다.

─저희 항공기는 인천 공항을 출발하여 미국 워싱턴에 도착합니다. 안전벨트는 꼭 매 주시길 바랍니다. 잠시 후, 이륙하겠습니다.

푸쉬이─

"안녕하세요. 이하루라고 합니다."

─후… 반갑습니다. 기장 서인우라고 합니다. 옆에서 잘 부탁드립니다. 지금 저도 목숨 걸고 하는 것이니…….

서인우는 하루처럼 키퍼블은 아니다.

그냥 비행기 조종만 할 줄 아는 기장이었기에 긴장하고 떨고 있었다.

하루는 원활한 소통을 위해서 준비된 헤드셋을 착용했다.

정부 기상팀과 국가능력자 관리부와도 연락이 닿아 있었다.

—잘 들리시나요. 이하루 씨.

"네, 잘 들립니다. 이상 없습니다."

—저희는 위성으로 확인을 하며 이하루 씨를 도와드릴 겁니다. 비행기는 기상 상태와 많은 연관이 있으니 잘 들어주시고 잘 부탁드립니다.

짧게 '네'라고 대답을 한 후, 비행기는 기장인 서인우의 조종하에 이륙을 시작했다.

'미국… 어떤 모습일까나.'

이미 미국에 간다고 말을 해두었다.

하루의 이름과 모습은 이미 알다시피 많이 아려져 있었기에 미국은 크게 기뻐했다.

골칫덩어리인 대형 몬스터를 하루가 옴으로써 처리를 할 수 있었기 때문이다.

퓌요오오오오—

공기와 마찰하는 소리와 함께 비행기는 하늘 위, 구름과 어깨를 나란히 하고 조용히 날기 시작했다.

긴장감이 감돌았다.

서인우 기장과 하루는 인상을 썼다.

갑작스러운 기상 악화가 시작된 것이다.

대부분의 기상은 예측이 가능하다.

그러나 가끔 이러한 기상 악화가 생긴다.

대부분 이러한 상황은 기장의 능력에 의해서 벗어날 수 있다.

"갑작스러운 기상 악화라고 방송해주십시오. 이하루 씨."

서인우는 침착하게 대응했다.

그리고 아직 몬스터가 나타난 것은 아니니 하루가 나설 때는 아니었다.

하루는 그래도 비행기가 흔들리는 이 상황을 전달하기 위해서 방송 마이크를 잡았다.

"그냥 기상 악화 때문에 비행기가 흔들리는 겁니다. 아직 문제없습니다. 괜히 일어나지 마세요."

바람에 의해서 비행기가 들썩거렸다.

기내 안에서는 걱정되었지만 방송으로 흘러나오는 하루의 목소리를 듣고 그냥 가만히 앉아 있었다.

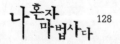

먹구름도 잔뜩 끼어 있어서 앞이 잘 보이지 않았다.

"이, 이하루 씨… 도와주실 수 있습니까?"

"진작 말해주시지. 베리어!"

어쩌면 잘못될 수도 있겠다.

생각했다.

자칫 패기롭게 운항을 하다가 기계 어디 하나에 고장이라도 난다면 미국에 닿기도 전에 떨어지고 만다.

그렇게 된다면 평범한 사람인 자신의 사망 확률은 높았다.

"후… 이렇게 안정이 되다니, 역시… 좋네요."

"저도 처음 해보는 건데요. 이렇게 광범위한 베리어는."

비행기 전체에 거대한 방어막이 설치되었다.

사실 하루 자신에게만 쓰던 것이었는데 최현길의 말을 듣고 될지 안 될지 몰랐던 것인데 이렇게 성공적으로 시전이 되는 것을 보니 기뻤다.

이제야 안정이 되나 싶었더니 '쿵. 쿵. 쿵…' 하는 소리가 들려왔다.

소리의 근원지를 파악하기 위해 하루는 기내로 갔다.

"무슨 소리야?"

"저희도 잘… 뭔가 박는 듯한 느낌인데요."

앉아 있던 모두 다 이게 무슨 소리인가 하는 표정들이

었다.

그렇다면 범인은 이 안에 없는 것이었다.

하루는 재빨리 창문을 왔다 갔다 하면서 쳐다봤다.

베리어에 뭔가가 박히는 소리임을 눈치챘다.

"주인! 여기!"

말랑이도 밖을 보다가 앞발을 흔들며 빨리 오라고 손짓했다.

다들 다른 창문으로 말랑이가 가리킨 곳을 보니 세 마리 정도의 몬스터가 있었다.

끼에에에!

쿵. 쿵. 쿵.

베리어가 잘 버텨주고 있었다.

저 정도 공격에는 깨지지 않을 것을 알고 있었지만 저 공격 때문에 비행기가 휘청거렸다.

"한 번 나갔다 와야겠군."

"와이번이다. 하피보다는 4배 정도 강하지만 나에겐 상대가 되지 않지."

가으하네가 세 마리의 비행형 몬스터에 대한 정보를 알려줬다.

이름이야 머리 위에 떠 있어서 알고 있었다.

하피보다 강하다고는 하지만 대형 몬스터는 아니다.

그냥 좀 강한 몬스터일 뿐이다.

하루는 플라이 먼저 시전하고 블링크로 비행기 밖으로 이동했다.

"와우! 역시 공기가 다르네."

끼에에에!?

와이번들은 갑자기 허공에 나타난 하루를 보고 고개를 갸웃거렸다.

그리고 적대감을 숨기지 않았다.

이게 웬 먹이냐 하며 달려들었다.

하루는 새로 맞춘 타오르는 장비 세트를 입고 바람을 일으켜서 와이번들의 행동을 방해했다.

바람을 타고 나는 와이번들의 행동에 제약이 생기자, 입에 불길을 머금었다.

"오, 공격? 근데 하필 불이냐. 안타깝게."

하루는 아무런 행동도 취하지 않았다.

방어 마법도 쓰지 않고 와이번의 브레스를 받아냈다.

찰나의 불길이 쏟아지고 회색 연기가 살짝 보였지만 하루는 멀쩡했다.

물론 장비들도 마찬가지였다.

"역시, 장비는 드워프제가 좋네. 나도 불로 싸워주지. 파이어 캐논."

강력한 불길이 와이번들에게 날아갔다.

혹시나 피할까봐 하루가 먼저 바람을 일으켜서 와이번

들은 피하려다가 휘청거렸다.

예상대로 마법은 적중, 충격이 컸는지 검게 그을린 상태로 아래로 떨어져갔다.

"아, 비행기."

싸우는 도중에 비행기는 이미 시야에서 사라졌다.

걱정할 것은 없었다.

비행기는 하루가 가본 곳, 텔레포트로 비행기 내부로 들어왔다.

"후."

"괜찮아요? 주인님."

"응, 괜찮아. 이제 좀 조용히 갈 수 있겠네."

다시 돌아온 것도 전혀 놀랍지 않다는 듯 나머지는 평온한 모습이었다.

유일하게 채령만 걱정을 해줘서 채령에게 고마웠다.

하루는 다시 원래의 자리로 돌아갔다.

잠시 문제가 좀 있었지만 나머지 비행은 평탄했다.

"이제 곧 미국, 워싱턴에 도착합니다."

미국의 모습이 눈에 보이기 시작했다.

흑마법사들의 은거 중인 도시.

피냄새가 진동을 했다.

바닥에 널브러져 있는 시체들이 숲이 우거진 이곳의 풍경과 매우 어울린다.

시체들 사이사이에는 검은색 로브를 입은 자들만 똑바로 서 있었다.

에반, 카사딘, 데이즈의 모습이었다.

"하… 피냄새가 역겹…지는 않네. 역시 천사들 피라서 그런가."

"치료 회복에 도움이 되는데. 좀 모아둘까?"

"됐어. 저딴 거 안 써도 돼."

데이즈는 에반의 말에 고개를 저으며 수많은 천사들의 시체 중 하나에게 걸어갔다.

아직 숨이 붙어 있는지 가슴이 미세하게 들썩거렸다.

"오파님, 역시 숨은 붙어 있네. 이 정도에 죽지 않을 줄 알았어. 뭐, 이제 곧 죽을 테지만."

"어둠… 반드시… 없어질 것이다. 7천…사… 올… 커억!"

이 중에서 제일 높은 지위에 있었던 오파님은 마지막 말을 남기고 팍―! 하고 몸 안쪽에서 뭔가 터지며 숨을 거뒀다.

데이즈는 일어나서 가운데 의자에 앉았다.

그 모습에 카사딘과 에반도 함께 옷에 묻은 피를 툭툭

털며 앉았다.

"뭐라고 하는 거야, 저거?"

"에반, 카사딘. 쟤 말로는… 7천사가 올 거라는데?"

"오라면 오라지. 뭐, 죽기밖에 더하겠어?"

에반의 말에 데이즈가 고개를 도리질했다.

아무리 7천사라고 해도 흑마법사, 자신들 셋의 힘으로
는 부족하다.

1대1로 싸우면 또 모를까 말이다.

"근데 그 녀석은 찾고 있을까? 지옥."

"그러라고 말한 건데 뭐. 멍청한 놈, 그걸 거기다 두고
지금까지 살다니."

"아무 문제가 없었겠지. 이곳엔 위협을 할 만한 존재들
이 없으니까. 근데 이제 찾으려 할 거야. 우린 그걸 노려
야지. 그 녀석을 통해서."

잠시 적막.

과연 생각하는 대로 될까 하는 생각이 들었다.

"우리랑 접촉했다는 것도 알고 있을 텐데."

"상관없어. 그렇다 하더라도 우리가 빼앗으면 돼. 그
녀석이 거절을 한다 해도 말이야. 차라리 그 녀석이 사용
하는 것도 좋고."

"몰라, 일단 쉬어야겠어. 오랜만에 힘을 좀 많이 썼더
니."

에반은 의자에 몸을 완전히 기댔다.

기진맥진한 것이… 몸에 마나가 반 이상은 소비되었다.

나머지 둘도 마찬가지일 것이다.

그러나 에반처럼 티를 내지는 않았다.

'계속 주시하고 있어야 되지, 그 녀석은.'

발견?

아름다운 모습, 시원하게 뻥 뚫려 있는 모습은 어디에
도 없었다.

워싱턴 공항은 숲이 되기 바로 직전의 모습이었으며,
착륙 지점만 하루가 온다는 연락을 받고 싹 치워 놓은 것
같은 느낌이었다.

띠— 띠— 띠— 띠—

—착륙합니다.

안전하게 비행기가 내려앉았고 서인우 기장에게 수고
하셨다고 인사를 한 뒤에 내렸다.

서스러와 파르데, 파라데도 다시 돌아온 자신들의 나라

모습에 한껏 취해 공기를 들이마셨다.

"역시 풍경이나 분위기 같은 것이 다르긴 다르네요. 한국과."

"우리, 나라는 친수? 한 느낌 이써요."

"이곳에서 살아왔으니 그렇겠죠. 근데, 어디로 가야 하는 거지? 마중 나온 사람도 없나."

"공항에서 나가야지 일단."

서스러와 채령이 얘기를 나누는 동안 하루는 먼저 앞장서서 나가려 했다.

오준영은 자꾸 고개를 돌려서 주변 풍경을 감상했다.

다른 나라에 온 것이 신기한가 보다.

긴 통로를 지나서 밖으로 나갈 수 있는 자동문이 보였다.

하루가 앞으로 다가가자, 빨간불이 들어오면서 자동문이 열렸다.

"와아아아아—!!"

"매지션! 히어로—!"

한동안 멍한 표정이었다.

플래시 터지는 소리가 곳곳에서 들렸다.

환호성은 몇 분간 지속되었다.

매지션이라고 하는 것을 보니 확실히 하루를 지칭하는 말이었다.

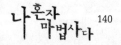

엄청난 인원이 플랜카드를 들고, 카메라를 들고 있어서 몇 명인지 대충 감도 잡히지 않았다.

'이게 도대체 무슨……'

환영 인사가 너무 거창했다.

무슨 연예인도 아니고… 아니, 연예인보다 심한 듯 보였다.

하루는 미소로 화답을 해주었다.

그래도 여기까지 와줬는데 이 정도는 해줘야겠다 생각을 한 것이다.

뒤돌아서 일행들을 보니 벌써 웃고 있었다.

팬 서비스 차원에서 손까지 흔드는 모습이 참 익숙하다는 생각이 들게 했다.

"어서 오십시오, 바밤바 대통령입니다. 이하루 씨, 반갑습니다."

서 있는 하루의 앞으로 검은색 양복을 입은 경호원들의 경호를 받으며 미국의 바밤바 대통령이 손을 뻗어 악수를 건넸다.

하루는 빠르게 그 손을 잡고 흔들었다.

"저희가 준비한 환영식입니다. 놀라셨다면 죄송합니다. 저와 이동하시지요."

"근데 한국말을 굉장히 잘하시네요."

"며칠 공부해 봤는데… 좀 괜찮은가요? 하하."

지금 이 말투와 단어 선택이 며칠 공부한 것이라고?

마치 한국에서 10년 이상 살아본 미국인 같았다.

바밤바 대통령과 함께 경호원들의 경호를 받으며 공항 밖에 준비되어 있는 리무진에 탑승을 했다.

"저희가 최고급 호텔을 준비해 두었습니다. 장시간 비행으로 피곤하셨을 테니 쉬시고 내일……."

"일단 저희가 해야 할 일이 뭔지 알았으면 하는데요."

대형 몬스터 처치.

이것이 미국에서 처리해야 할 일이라고 알고는 왔지만 더 상세한 설명은 미국에서 듣기로 했었다.

쉬는 것도 쉬는 것이지만 궁금증을 푸는 것이 더 우선이었다.

오준영도 옆에서 고개를 끄덕이며 거들었다.

어떤 몬스터인지 알아야지 대책을 세우고 준비를 하고 생각을 할 수 있으니 말이다.

"아직도 있습니까. 세르바?"

"당신이 어떻게… 알고 있죠? 지금은 극비……."

"기억나지 않으십니까. 세르바 레이드에 참여했던 서스러입니다."

서스러는 알고 있다는 듯 바밤바 대통령을 쳐다보며 영어로 대화를 했다.

한국으로 갔던 이유도 지금 말하는 '세르바'를 하루의

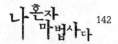

힘을 빌려서 처치하기 위해서였다.

바밤바 대통령은 파르데, 파라데와도 함께 눈을 맞췄다.

"그 얘기는 저기 저, 세 분에게 듣는 것이 더 좋겠군요. 골칫덩이 '세르바'를 상대한 장본인들이니까요."

"서스러?"

"통역, 하나만 주세요. 숙소로 가서 설명을 하겠습니다."

바밤바는 서스러의 말에 고개를 끄덕였다.

도대체 그 몬스터가 어떤 몬스터이길래 저리 진지한 표정을 짓나 생각했다.

대통령조차도 골칫덩이라고 표현을 하는 것을 보니 결코 쉬운 상대는 아닐 거라는 것도 알게 되었다.

호텔에 도착을 하고 나서, 각자의 방이 주어졌다.

짐을 풀고 나서 바로 모이기로 했다.

"여긴 원래 이렇게 조용한가?"

"주인님, 아마… 다 빌린 것 같은데요. 여길 통째로."

"아……."

하루는 고개를 끄덕였다.

호텔의 커피숍을 비롯해서 직원들만 보이고 다른 사람들은 전혀 보이지 않았다.

편한 복장을 입은 일행들이 속속히 도착해서 커피숍에

뺑 둘러앉았다.

서스러와 파라데, 파르데는 긴장한 모습으로 일어섰다.

옆에 바밤바 대통령이 보내준 통역사가 통역을 할 준비를 했다.

"일단 미국을 도와주러 와주셔서 감사합니다. 미국은 현재 많은 몬스터들이 있고 한국과 다를 바가 별로 없습니다. 그러나 한국과 다르게 대형 몬스터가 아직 있습니다. 저희 셋이 본 아바칸, 빅풋, 게소 사라나보다 약하지만 미국에서 죽일 수 있을 만한 대형 몬스터가 아닙니다."

서스러는 잠시 침을 삼키고 말을 이어 했다.

"세르바, 역시나 다른 몬스터들처럼 총이나 폭탄 같은 현대식 공격은 통하지 않습니다. 10m 정도의 키에 외모는 사슴을 닮았습니다. 우리가 죽이지 못한 이유, 세르바의 방어력이 타 몬스터들보다 매우 높습니다. 그리고 세르바가 움직일 때마다 냉기가 흘러나오고 몸이 둔화되는 둔화 효과를 지니고 있습니다. 마지막으로, 세르바가 공격을 맞을 때마다 얼음 파편들이 튀어나옵니다. 공격력은… 매우 아픕니다."

"후… 보통 키퍼블들은 까다롭기는 하겠네요. 상대했을 때 희생은 어느 정도……?"

방어력에 관련된 것이 나와서인지 오준영이 가만히 듣고 있다가 질문을 했다.

세 명이 이렇게 살아온 것을 본다면 그다지 위험한 것 같지는 않았다.

"저희 셋, 셋만 살아 돌아왔습니다. 50명 중에."

"그치, 우리 셋만 살아 돌아왔다. 무서운 놈이다. 지금 그 녀석의 움직임에 방송, 반응을 하며 피해 다니는 게 우리 미국의 최선이다."

50명이 한 마리, 세르바를 잡으려다가 서스러와 파르데, 파라데만 살아서 돌아왔다.

쉽게 볼 몬스터는 결코 아니라는 뜻이었다.

미국에서는 세르바와 싸워서 참패를 했던 이 사건을 '얼음 꽃 학살 사건'이라고도 부른다.

지금은 입단속을 시키며 국가 차원에서 비밀리에 있지만 많은 사람들이 알고 있었다.

"지고 나서 우리는 무서워서 몸을 숨기다가… 하루, 이하루의 소식을 듣고 비행기를 구해서 가게 된 것이다."

"그렇기에 우리가 세르바에게 먹힌 줄 사람들이 알고 있었던 것이고."

하루는 고개를 끄덕였다.

약간 걱정이 되긴 한다.

빙결 속성이라 하루의 화염 마법이 있어서 괜찮을 것 같긴 하지만 키퍼블 50명이 갔는데 서스러와 파르데, 파라데와 같은 실력자들도 갔는데 레이드에 실패를 했다는 것이 좀 마음에 걸렸다.

"지금 위치는 어디에 있나요."

"이하루 씨, 그건 내일 대통령님께서 알려주시겠다 합니다. 오늘은 푹 쉬시는 걸로…….."

"빨리 처리하고 다른 곳으로도 넘어가야죠. 대통령님께 부탁한 자료도 받고요."

하루는 리무진에서 내리기 전에 대통령에게 대형 몬스터 처리를 한 대가로 이 셋과 같은 특별한 키퍼블들의 자료를 요구했다.

이미 알고 있었기 때문에 대통령은 수락했고, 그러나 그들의 의지에 따라서 가는 것이지 강제로 할 수는 없다고 말을 해두었다.

"주인, 배고프다."

"미국의 음식은 맛이 있나?"

"알았다. 알았어, 그럼 내일 하도록 하자. 밥… 먼저 먹고."

일행들의 눈빛이 느껴졌기에 하루도 어쩔 수 없이 두 손을 들었다.

호텔에서 럭셔리한 식사라니… 해보지 못한 것을 해보

니 느낌도 달랐고 채령의 눈빛도 달랐다.

'나도 주인님과 한 번…만…….'

밤이 깊어갔고 일행들 모두 식사에 만족한 느낌이었다.

다들 각자의 숙소로 들어갔다.

숙소가 한 명당 하나씩이어서 불편한 것이 없었다.

필요한 게 있으면 벨을 누르면 됐고 그러면 바로 직원들이 달려왔다.

채령은 하루의 옆방이었는데 뭔가 안절부절못하고 있었다.

'피곤한가? 피곤하실까…? 주인님…….'

매일 목장에서 잠에 들 때마다 몸이 한껏 달아올랐었다.

참고 참고 참다가 잘 때가 많았다.

사이가 불편해지는 것이 싫어서 뭐라고 말은 하지 않았지만 가슴이 답답했다.

턱— 하고 벽이 가슴에 눌리는 느낌이었다.

"여긴, 미국이니까. 그러니까……."

똑. 똑.

채령은 옆방에 있는 하루의 방문을 두들기고 초인종을 눌렀다.

문이 열리고 하루의 모습이 보였다.

방금 씻고 나왔는지 가운에 머리에서 물이 뚝뚝— 떨어졌다.

가끔 보던 장면이었다.

살이 별로 없어서 손에는 핏줄이 보였고 배에도 나름 왕 자가 보일락 말락 하는 정도의 근육이 있다.

"채령아, 뭐 할 말 있어?"

"…주인님."

채령이 하루의 품에 와락 안겨들었다.

당황한 하루는 움직일 수가 없었다.

그러나 몸이 먼저 반응을 했다.

점차 엉덩이를 뒤로 빼는 듯한 모션을 취했다.

"채령아……?"

"전 괜찮아요, 주인님… 좋아요."

더욱 꽈악 안는 채령의 행동에 하루는 떼어 놓으려 했으나 강압적으로 막 대할 수는 없었기 때문에 뒤로 점차 밀려났다.

그리고 뒤로 넘어졌다.

푹신한 느낌이 드는 것을 보니 침대였다.

'채령… 예쁘기도 하고… 내… 소환… 여자…….'

살이 조금 붙어서 전보다 약간 육덕지다.

이런 모매를 선호하는 남자들이 대다수다.

하루도 그들 중 하나이고 말이다.

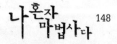

148

하루에게 안긴 채령은 하루의 단단함을 느꼈는지 회심의 미소를 지었다.

"고마워요."

결국 몸이 거부를 하지 못했다.

그렇게 둘은 엉켰다.

다음 날 아침.

하루와 나머지 일행들은 아침 식사를 하고 세르바의 처리를 위해 커피숍으로 모였다.

원래 식사는 커피숍에서 안 됐지만 하루 일행이 있을 때만큼은 예외였다.

"어제 잘 주무셨습니까. 이하루 씨."

"네!? 네. 네, 잘 잤습니다."

아침부터 부지런히 찾아온 바밤바 대통령과 함께하는 식사였다.

바밤바 대통령의 물음에 하루가 뜨끔하면서 고개를 끄덕였다.

그 모습에 채령은 피식— 하고 웃었다.

웃는 모습이 더욱 아름다워진 것 같은 기분이 들었다.

지금 여기 있는 사람들이 모두 채령 빼고는 남자였기에

화사해지는 듯한 분위기였다.

"드시면서 들어주세요. 세르바에 대한 얘기입니다. 현재 세르바는 이곳, 워싱턴의 바로 옆 동네인 베데스다라고 불리는 곳에 있습니다. 유명한 벚꽃길이 있는 곳이죠."

하루도 사진으로만 본 적이 있었다.

제퍼슨 기념관 쪽에 오리지널 벚꽃 축제길이 있지만 그와 막상 막하로 알려져 있는 곳이었다.

"지금 그 주택가에는 아무도 살고 있지 않습니다. 도시 한복판에 들어왔지만 처리할 방법이 없습니다."

도시 전체에 벽을 설치했지만 모든 몬스터들을 막을 수 있는 것은 아니다.

세르바처럼 대형 몬스터 같은 경우에는 처리도 못하고 가까이 가지도 못하니 그냥 놔두고 사람이 떠나는 수밖에 없었다.

"레이드 인원은 이걸로 끝인 거죠?"

"저희 쪽에서도 준비를 해두었으니까 필요하시다면 추가가 가능합니다. 그리고 이거……."

바밤바 대통령이 커다란 상자를 하루에게 건넸다.

모두 하루에게 보낸 시민들의 편지라고 설명을 해주며 웃었다.

"와… 이렇게 많이……."

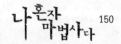

"모두 세르바라도 사라졌으면 하는 바람이 큽니다. 너무 많은 사람을 죽였어요."

"편지는, 잡은 다음에 읽어야 하겠습니다. 다들 준비는 됐지?"

하루는 타오르는 장비 세트로 환복을 한 후, 일어섰다.

잘 부탁한다는 바밤바 대통령의 악수를 받으며 베데스다로 리무진을 타고 곧바로 출발했다.

도착한 베데스다는 추웠다.

사람의 온기도 없어서 뭔가 더 쌀쌀한 느낌, 혹은 세르바 때문일 수도 있었다.

"어디 있나… 세르바."

리무진은 하루 일행을 내려주고 바로 가버렸다.

이제 곧 전투가 이뤄질 것이라고 알고 있었다.

하루는 빨리 처리하고 호텔에서 좀 더 쉬다가 다른 일정을 시작하고 싶었다.

"주인, 냄새가 난다. 차가운 냉기 냄새. 거대화─!"

끼이이익!!

뭔가 달려오는 소리에 말랑이가 제일 먼저 민감하게 반응을 했다.

도로를 따라서 빠른 속도로 달리는 세르바의 모습이 보였다.

뒤로는 얼음 발자국이 생겨났다.

울음소리가 마치 기름칠 하지 않은 문이 열리는 듯한 찢어지는 듯한 소리여서 듣기 좋지는 않았다.

"크억─!"

"말랑아! 그레이트 쉴드!"

말랑이가 앞에 나와 세르바의 몸통 박치기를 받아냈다.

큰 충격이 있는 듯 뒤로 밀려났고, 세르바는 멈춰서 하루 일행을 쳐다봤다.

오준영이 앞에서 다음 공격에 대한 방어를 준비하기 시작했다.

나머지는 공격 준비, 하루는 어떤 놈인지 잠시 지켜보기로 했다.

"내가 먼저 가보지. 다크 스트라이크─"

가으하네가 달려가서 세르바의 몸에 검을 꽂아 넣었다.

순간 차앙─! 하는 소리와 함께 얼음 파편이 튀어나왔다.

오준영이 그 파편들을 막아내고 하루는 간단히 매직미러를 사용했다.

별로 그렇게 파괴력이 있지는 않는 것 같았다.

하루가 지팡이를 들어 올렸다.

"인페르노."

초고온의 불길을 쏟아붓는 마법, 뜨거운 화염이 느껴지자 가으하네가 먼저 비켜섰고 곧바로 세르바의 몸에 닿았다.

끼이이이─! 끼익!!

"뭐… 뭐야… 원래 이리 약했…나?"

"한 방……?"

세르바는 움직이지 않았다.

세르바를 상대했었던 서스러와 파르데, 파라데의 얼굴이 급격히 굳어갔다.

하루의 마법 한 방에 이렇게 죽다니… 어딘가 허탈했다.

이 녀석을 죽이려고 한국까지 직접 찾아갔는데 어쨌든 죽었으면 좋은 것이었지만 허탈하고 공허한 마음을 숨길 수는 없었다.

"대단…하네요. 역시."

확인 차 세르바에게 마법 하나를 더 날렸다.

역시나 미동은 없었다.

"이거, 맞죠? 세르바."

"OK… 맞아요."

서스러가 힘없게 바밤바 대통령에게 통화를 했다.

바밤바 대통령 역시 놀라워하는 모습이었고 리무진도

곧바로 다시 도착을 했다.

한 시간… 아니, 10분, 1분도 되지 않은 한 방에 일이 다 끝났다.

바밤바 대통령은 자신의 생각보다 이하루의 힘이 많이 강하다는 것을 이제야 깨달았다.

"미스터 이하루, 정말 당신은 갖고 싶은 남자군요. 이대로 보내긴 싫네요."

결국 우려하던 일이 일어나는 것인가 생각했지만 바밤바 대통령은 달랐다.

약속했던 서류를 하루에게 건네줬다.

"저희가 알고 있는 키퍼블들은 이게 전부입니다. CSI에서도 더 찾으려고 노력은 해봤지만, 없었어요."

"…지금 있는 세 사람이 제일 뛰어나네요. 서스러, 파르데, 파라데."

"한 나라를 책임지고 있는 지도자로서 감사의 말씀드립니다. 미스터 이하루."

바밤바 대통령은 고개를 숙이며 고맙다고 했다.

하루는 부담스러워서 별거 아니라고 하며 시선을 회피했다.

"세 분, 저와 함께 가겠습니까? 지옥으로."

말이 뭔가 웃기긴 하다.

지옥으로 같이 가자니, 어떤 위협이 있을지 모르는 곳

이었다.

"악을 섬멸하러 가야죠. 당연합니다."

"저도 찬성합니다."

"그치, 나도 간다. 근데… 가족은 보고 간다."

파라데의 말에 하루는 하루 동안의 시간을 준다고 했다.

어차피 가족들은 모두 이 근처에 산다고 했다.

시간이 많이 걸리진 않을 것이라 했다.

미국에서는 별다른 소득이 없다.

다른 나라를 살펴봐야 할 것 같았다.

"저도 할 일이 있으니, 하루 뒤에 출발하기로 하죠. 말랑이랑 가으하네도 뭐든 해. 먹을 것도 많으니까… 뭐."

말랑이와 가으하네는 고개를 끄덕이고 바로 식당으로 향했다.

그리고 오준영도 뭐할지 고민을 하다가 미국 구경 좀 한다고 밖으로 나갔다.

하루는 채령과 눈빛을 주고받았다.

어떤 의미인지는 둘만이 알고 있었다.

하루와 채령, 호텔의 푹신한 물침대에서 같이 잠이 들었다.

어두운 방에 수상한 인기척이 느껴졌지만 이미 많은 힘을 써서 기진맥진한 하루였기에 눈치를 채지는 못했다.

수상한 인기척은 하루의 몸을 건드렸다.

하루는 채령이 장난치는 것으로 알고 몸을 뒤척였는데 약간 정신이 깨니 낯선 자가 이곳에 있다는 것을 눈치챘다.

채령이 깨지 않게 하루는 일어섰다.

그리고 어둠과 거의 동화되어 있는 쪽을 쳐다봤다.

"뭐지…? 누구야."

"안녕하세요, 이하루 님. 블랙 워커입니다."

"블랙 워커…? 여기까지 날 찾아올 이유가 있나?"

자칫하면 마법을 날려버릴 뻔했다.

채령과 함께 있는데 이렇게나 불쑥 찾아오다니 말이다.

블랙 워커라고 하는 말에 시전하려던 마법을 그만두었다.

블랙 워커는 엄청난 정보들을 지니고 있다.

그리고 하루를 찾아왔다면 그에게 뭔가 필요한 정보들이 있다는 것이었다.

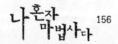

하루도 그것을 알고 있었기에 채령에게 이불을 잘 덮어 주고 테이블에 앉았다.

"지옥을 찾는다 들었습니다. 이하루 님."

"…설마."

조금 나중으로 밀어둔 지옥으로 가는 길에 대한 정보를 벌써 얻었다니, 이 정보는 동료를 좀 모으고 난 뒤에 찾을 생각이었다.

블랙 워커에서 온 낯선 남자는 고개를 끄덕였다.

"저희의 조건은 하나입니다. 지옥으로 같이 데려가실 것, 정보들에 대한 소유권은 저희 블랙 워커에게 있는 것."

"인원수는 어느 정도 되지? 실력이 어느 정도 돼야지 우리 발목을 잡지 않지."

"…이 정도면 되겠습니까."

하루는 슬쩍 미소를 지었다.

목덜미에 몇 개인지는 모르지만 많은 수의 단검들이 목숨을 노리고 있었다.

안 그래도 어두운 주변이 더욱 어두워진 것은 사실이었다.

"블랙 워커에는 쓸 만한 사람들이 많나 보네요. 이렇게 도와줄 수만 있다면야 거절할 필요는 없습니다. 저에게는."

"그렇다면 허락하신 것으로 알겠습니다."

그제야 하루의 목에 있던 단검들이 회수되고, 전혀 눈치채지 못했던 어쌔신들이 모습을 감췄다.

"그럼 이제 말하죠. 지옥으로 가는 길에 대해서요."

"저희가 예전에 발견해 놓았던 던전입니다. 던전 이름은 '지옥의 불을 따라'입니다. 그 당시 몬스터들이 강해서 저희가 손을 쓸 수가 없었지만 이하루 님이 찾는다는 정보를 듣게 되고 확인 결과, 던전 끝 쪽에 뭔가 있는 것을 발견했습니다."

"그러니까, 지금 그 던전의 끝까지 가봐야 진짜인지 아닌지 알 수 있다는 거군요. 확실하지는 않은 거고."

단지 던전의 이름에만 지옥이라는 것이 들어가 있었다.

직접 들어가서 확인을 해봐야 지옥으로 가는 입구인지 아닌지 알 수 있는 것이다.

단서 하나라도 잡은 것이 어디인가, 하루는 내일 바로 한국으로 돌아간 뒤에 사람들을 모아서 출발해야겠다고 생각했다.

"알겠습니다. 그럼 빠른 시일에 출발하도록 하죠. 언제든 출발할 테니 준비해두세요."

블랙 워커는 항상 하루를 주시하고 있을 것이다.

부르면 달려와 줄 것이다.

그러나 항상 이렇게 지켜보고 있다는 것은 기분이 좀 그랬다.

혹시 채령과 그렇고 그런 짓을 하게 된 정보도 가지고 있나 생각을 했다.

"네, 가보겠습니다."

블랙 워커는 사라지고 하루는 다시 채령이 있는 침대로 갔다.

부드러운 채령의 살결을 보듬으며 다시 잠에 빠져들었 다.

다음 날.

서스러와 파르데, 파라데는 새로운 다짐과 목표로 호텔 에 도착했다.

"이제 어디로 가는 거죠? 이하루 씨."

모두가 모인 가운데, 다음으로 출발할 나라에 대한 것 을 물었다.

미국에 오기 전에 여러 나라를 갈 것이라는 말을 했었 다.

"저희는 한국으로 갑니다."

"왜요? 다른 나라로 가기로 했던 거 아닌가요?"

오준영이 아쉽다는 표정으로 말했다.

미국을 구경하는 것도 나름 재밌었고 다른 나라 구경도

하러 가고 싶었었다.

왜 하루가 그런 선택을 했는지 모두가 궁금해했다.

지옥으로 갈 사람 모두가 모인 자리에서 얘기를 하고 싶었지만 먼저 이들에게 말하기로 했다.

"지옥에 대한 단서를 찾았습니다. 한국에 도착한 이후에 바로 출발하게 될 겁니다."

"정말로요? 어떻게 그리 빨리?"

"호텔에만 있었는데 그걸 어떻게 찾은 겁니까? 무슨 정보원이라도… 블랙 워커……?"

오준영은 눈치챈 듯 말했다.

하루는 조용히 고개를 끄덕이고 이제 출발을 하자고 했다.

다들 아마 비행기 안에서 많은 생각이 들 것이다.

하루는 비행기에 올라타기 전에 이재영, 유한정에게 전화를 걸었다.

"준비해 두세요. 지옥, 가실 생각 있으시다면요."

연락을 받은 이재영과 유한정은 기다렸다는 듯 준비를 했다.

정말로 하루가 말한 것이 이루어지기만 한다면 소중한

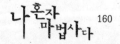

사람들은 살 수 있다.

유한정은 조준호에게도 말을 하고 같이 가기로 했다.

바로 한정 원정대에서 희생된 동료들을 살리기 위해서다.

로벨리아를 움직이려 했으나 이들까지 사지로 몰아서는 안 된다는 생각이었다.

"서경아… 나서경, 지옥으로 찾아갈게. 기다려. 죽을 위기가 있어도 살아온다."

이재영은 마지막으로 나서경 기자의 묘를 보고 돌아섰다.

마음 정리는 끝냈다.

일단 아무런 증거가 없으니 믿어보기로 했다.

"역시 집이 제일 편하긴 하네. 돌아오니까 기쁘다. 마음이 편안해지는 느낌이다. 이제 또 여행이 시작되겠지만 말이지."

"흥분되나, 가으하네. 나도 긴장 된다."

목장에 도착한 하루 일행은 각자 대기를 하고 있었다.

하루와 가으하네, 말랑이, 채령, 오준영, 외국인 세 명.

이제 이재영과 유한정, 조준호까지 도착을 한다면 열 명이 넘어간다.

'길 안내는… 부르면 올 거고.'

"저는 여기 있으니, 출발할 때 불러주십시오."

하루의 옆으로 검은색 그림자가 싹― 왔다가 다시 사라졌다.

그 덕분에 깜짝 놀란 하루였다.

정신을 차리니 로퍼가 하루를 쳐다보며 걸어오고 있었다.

"무슨 일 있어요?"

"그게, 혹시 지옥…으로 가는가?"

소식이 언제 드워프에게까지 갔나 싶었다.

로퍼의 조심스러운 행동에 이상하긴 했지만 하루는 대답을 했다.

"그곳에 '다케르'라는 지옥의 원석이 있다고 전해진다네. 드워프들에게는 꿈의 원석이라고도 불리지. 가능만 하다면… 구해다 줄 수 있는가?"

로퍼의 꿈

메르헨의 드워프인 로퍼는 새롭게 얻은 보금자리가 매우 마음에 든다.

그러나 작품을 만들 원석이 부족하다.

지옥으로 간다는 당신의 소식을 듣고 혹시나 하는 바람에 부탁을 하는 것이다.

지옥의 몬스터에게서 얻는 전리품들은 좋은 장비의 재료

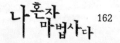

가 되니 가져다주자.

더불어 꿈의 원석인 '다케르'를 얻을 수 있다면 로퍼는 평생 당신을 따를 것이다.

난이도 : 최상

완료 조건 : 지옥의 원석 '다케르' 습득.

보상 : 드워프들과의 친밀도 최상. ???

"그런 게 있어요? 발견하면 당연히 가져다 드려야죠. 돌아올 수만 있다면, 뭔들 못하겠습니까."

"그런가. 정말 부탁하겠네. 꼭 살아서 돌아와야 하네."

정말 오랜만의 퀘스트였다.

로퍼는 고맙다고 말하며 다시 집 방향으로 걸어갔다.

갑자기 중간에 멈춰서더니 로퍼가 자신의 머리를 툭, 툭 쳤다.

유한정과 조준호가 먼저 도착을 했다.

이제 이재영만 온다면 바로 출발이었다.

"지옥으로 가는 길은 어디 있는 겁니까?"

"그건 다 모이면 같이 갈 거야. 이제 올 때가 되지 않았나?"

이재영의 도착 속도가 생각보다 늦었다.

어서 빨리 가고 싶어서 몸이 근질거렸다.

오죽하면 가으하네와 유한정이 지금 대련을 하려고 준비를 하는 중이었다.

"저기 오네요."

"에이… 대련 한 번 하고 싶었는데 말이야."

"체력 보충하지, 유한정. 괜히 가서 힘들다고 징징거리지 말고."

서로 티격태격 하는 도중 이재영이 하루의 앞에 도착을 했다.

이로써 약 10명 정도가 모였다.

블랙 워커에서 가는 어쌔신들의 수도 있지만 그건 빼놓기로 했다.

이들은 알아서 활동을 할 테니 말이다.

"블랙 워커."

"네, 이하루 님. 이제부터 던전, '지옥의 불을 따라'로 안내하겠습니다."

하루와, 하루 일행은 스르륵 나타난 블랙 워커의 뒤를 따르기 시작했다.

놀라움의 연속이었다.

설마 이런 곳에 있으리라고는 상상도 못했다.

들어와 보니 그냥 이 자체가 던전이었다.

하루 동네에 있는 골목길의 한 맨홀 뚜껑.

그곳을 열고 안으로 들어가니 신세계였다.

회색빛에 어두침침한 느낌, 물방울도 똑똑— 떨어져서 만약 혼자 이곳에 들어왔다면 무서워서 금방 나가려 했을 것이다.

"도대체 여긴 어떻게 찾은 겁니까?"

"우연히 발견했죠. 혹시나 하고 들어와 봤는데 발견을 한 것입니다. 입구는 아직 조금 더 가야 합니다."

블랙 워커는 앞장서서 갔다.

고인 물들과 벽에 쭉 이어져 있는 파이프들로 흐르는 물줄기 소리.

쇠를 치는 듯한 텅— 텅— 거리는 소리.

깊숙이 들어가자 더욱 어두워졌다.

블랙 워커는 이제 곧 배경이 바뀔 것이라며 준비하라고 했다.

—던전 '지옥의 불을 따라'에 입장하셨습니다.

간단한 알림음, 더 이상 알림음은 없었고 주변 풍경만 보였다.

그동안 알고 있었던 던전의 풍경과 같았지만 뭔가 더

무거운 듯한 느낌이었다.

"몬스터는?"

"첫 몬스터는 내가 상해도 되겠지?"

"빨리빨리 이동하자."

각자 말이 많아졌다.

목줄을 풀어놓은 개처럼 싸움에 목말라 있는 것 같은 느낌이었다.

그도 그럴 것이 미국에 갔다가 별로 검도 휘둘러보지 않고 왔기 때문이다.

"쉴더, 앞으로. 뭐가 나올지 모르니까 탱커가 앞장서야지. 그리고 블랙 워커, 정찰 부탁합니다."

하루가 명령을 내렸다.

지옥으로 가기 전까지는 안전이 우선이다.

그렇기에 조심히 움직이기로 했다.

하루의 말에 방패를 들고 오준영이 앞으로 나아갔다.

곡선으로 되어 있는 동굴이라서 앞에 뭐가 있을지… 멀리까지 보이지도 않았다.

블랙 워커도 한 번 사전 탐사를 했기에 길 같은 것은 약간 알고 있었다.

"몬스터는 코발(Cobales)이라는 것만 봤습니다. 광대라는 뜻이죠."

"저거 말하는 건가요."

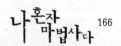

앞서 걸어가던 오준영이 방어형으로 자세를 고쳐 잡았다.

앞에는 옛날 신사의 모자를 쓰고 인간 형태로 손에는 포카 카드를 들고 있는 몬스터가 있었다.

블랙 워커가 말한 바로 그 '코발'이었다.

"공격하는 것은 보지 못했습니다. 준비해주시길 바랍니다."

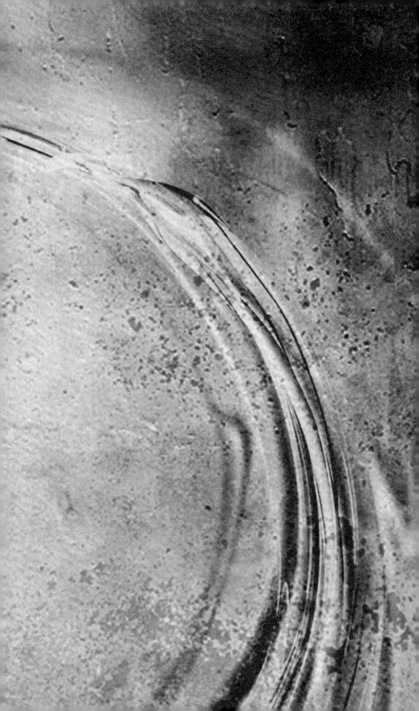

지옥 입성

코발은 한 마리가 아니었다.

같은 모습의 놈들이 여러 마리 있었다.

하나같이 하루 일행을 쳐다보고 가만히 있었다.

그러다 소리를 지르기 시작했다.

"크흐흐흐! 침입자구나!! 숨겨라, 숨겨라!"

슥― 슥― 슥―

모자의 능력인가, 모자를 한 번 돌리자 다 같이 사라졌다.

목소리나 인기척은 그대로였지만 눈에는 보이지 않았다.

"디텍트 인빌리티—"

하루 앞에서 투명화 정도는 껌이었다.

다시 모습이 드러나자 코발들이 당황을 했다.

까불이 느낌을 주는 행동들을 했다.

"강하다! 빨리 죽인다. 죽인다!"

손으로 카드를 빠르게 섞는 코발, 머릿수는 우리가 더 많았다.

굳이 다 나설 필요는 없었고 하루 혼자서 쓸어버린다면 나머지가 온 이유가 없었기 때문에 하루는 조용히 있었다.

날아오는 카드는 오준영이 전부 막아냈다.

충격도 그리 크지 않은 듯한 모습, 검을 들고 유한정이 오준영의 앞으로 튀어 나갔다.

"블러디 크로우—"

공중에서 베어 내리는 1회성의 강력한 공격이었다.

코발 한 마리가 직격으로 공격을 맞고는 쓰러졌다.

"뭐야, 별거 아니잖아?"

"그럼 이깟 놈들이 강할 거라고 생각했나. 딱 봐도 찌꺼기 같은 놈들 같은데."

가으하네도 앞으로 나와서 유한정과 함께 코발들을 가볍게 쓸어버렸다.

아이템 같은 것은 남기지 않았다.

애초에 기대도 하지 않았다.

하루는 빠르게 이동하지 않았다.

벽을 하나하나 짚어보며 혹시나 놓치는 것이 있는지 확인을 하며 갔다.

입구가 어디에 있는지 모른다.

던전 이름에만 지옥이라는 단어만 있고 나머지는 알아서 찾아야 하는 것이다.

"이하루 님, 여기까진 저희가 왔던 곳입니다. 그리고 앞에 보이는 저 녀석들은 어찌하지 못하고……."

"골렘?"

블랙 워커의 말과 함께 등장한 몬스터는 바로 골렘이었다.

평범한 골렘은 아니고 하루의 로브처럼 불길이 솟아오르는 듯한 돌덩이로 되어 있는 골렘이었다.

다들 알다시피 이마나 가슴, 입술 아래에 Emeth(진리) 또는 Schem-Hamphorasch(신의 이름)라는 문자를 새겨 넣어서 생명을 부여한 생명체다.

생명체라고 하기보다는 인형에 가까웠지만 말이다.

"핵, 핵을 파괴해야 한다는 건 알겠지."

"지금은 어느 정도 강한지 몰랐지만 당시에는 저희 단검에 흠집도 나지 않았습니다. 조심하시는……."

"아, 이렇게 머리를 잘라도 재생한다는 거지?"

유한정이 골렘의 머리를 단번에 자르고 하루 쪽을 쳐다 봤다.

흠집이 나는 게 아니라 아예 잘려 나갔다.

블랙 워커가 생각하는 것보다 하루 일행은 더 강했다.

앞으로 나아가면서 하루 옆에 있던 블랙 워커 사람이 또 다른 동료를 불렀다.

"전투력… 다시 작성해야겠군. 잘 기록하도록."

"네."

골렘들이 전부 재생을 했지만 이번에는 그냥 몸 전체를 도륙해버렸다.

핵은 물론 그냥 터져 버렸다.

블랙 워커가 말한 던전의 끝이 어느 정도인지는 아직 모르겠다.

곡선과 곡선들로 이어지니 얼마나 긴가 생각도 하게 되고 한편으로는 걱정도 됐다.

이재영은 옆에서 걷는 것이 지겨워서 하품을 계속해댔다.

나머지도 마찬가지.

긴장을 너무 풀어버렸다.

"이하루 씨. 지옥은 언제 도착합니까?"

"저도 몰라요. 지겨우니 빨리 다 밀어버리고 가야겠네요."

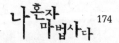

벽을 짚으며 가는 것도, 하루도 지금 인내심에 한계를 느끼고 있었다.

자칫 하루가 힘을 쓴다면 이 던전 자체가 무너질 수도 있으니 파르데에게 부탁을 했다.

유한정과 가으하네가 오준영보다 앞장을 섰지만 몬스터들이 나타나면 골렘을 처치한 것처럼 약간은 가지고 놀면서 나아갔다.

속도가 약간 더딜 수밖에 없었다.

"Go. 파라데. 임— 비사문천."

"병— 십일면관음."

빠른 속도로 파르데와 파라데가 나아갔다.

유한정과 가으하네가 자신들의 몬스터를 빼앗길 것 같아서 앞으로 달려갔지만 슈겐도를 쓴 둘의 속도를 이길 수는 없었다.

앞서 나간 둘은 언데드를 만났다.

기본적인 구울의 모습이었는데 뭔가 달랐다.

더 강한 모습이랄까, 슈겐도를 맺으며 속박을 시키고 공격을 했다.

"별거 아니잖아. 빨리 정리를 하자고."

"그치, 빨리 가는 게 좋지."

이 던전에서 많은 시간을 보내면 더 피곤할 것이 분명했다.

비행기에서 자긴 했지만 장시간 비행은 몸이 피로를 느낀다.

달려가던 파르데와 파라데가 우뚝 섰다.

앞에 갈림길이 나왔기 때문이다.

양쪽으로 한 명씩 가도 되지만 지옥으로 가는 길을 찾는 것이다.

혹시나 한 명만 들어가게 된다거나 하는 사태가 일어난다면 돌이킬 수 없으니 같이 행동을 해야 했다.

"갈림길?"

"…이상하네요. 원래는 없었는데?"

블랙 워커는 본 적이 없다는 길이었다.

그렇다면 뭔가 바뀌었다는 것이다.

여러 명이 들어와서 그런가 하는 생각도 들었다.

하루는 잠시 고민을 하더니 손을 뻗었다.

"디텍트 일루젼."

"와, 역시… 마법사, 시험하기 위해서 만들어진 건가?"

일루젼 마법을 해제하는 마법을 쓰니 가운데에 하나의 통로가 생겨났다.

갈림길이던 양옆은 팔팔 끓는 용암이 있었다.

그냥 건너갔다면 뼈조차 남지 않고 이 세계에서 삭제되었으리라.

"다행이네요. 하루 형이 있어서."

오준영도 가슴을 쓸어 넘겼다.

하루는 그만 지체하고 가자며 통로로 들어갔다.

광대 장, 니바스는 단걸음에 자신의 바로 위에 있는 아스모데에게 갔다.

이런 놈들이 올 거라고는 예상도 못했다.

아주 흥미로운 놈들이다.

유흥 쪽에서 총지배인인 자신이 자신 있게 막아놓은 길을 누군가 들어왔다.

곧 있으면 지옥으로 입성까지 가능하다는 것이다.

지옥, 이곳으로 오는 길에는 그 동굴만 있는 것이 아니었다.

제일 작은 구멍이긴 하지만 유흥 총지배인으로서 관리를 명받은 것이다.

"작은 문제라도 생기면 안 되는데… 어서 가서 막아 봐요. 응?"

"아스모데 님… 그게, 너무 이상한 능력들을 가지고 있어서, 저로서는…….."

"지금 이 연약한 제가 가야 한다는 거예요? 인간들이

강하면 얼마나 강하다고. 기껏해야 골렘이나 나바스, 그쪽 직원들을 죽인 거겠죠."

나바스는 미칠 노릇이었다.

이 여자가 그 녀석들이 얼마나 간단히 코발들을 잡았는지 봤어야 한다.

단 한 번의 공격들로 코발들을 죽였다.

그렇다면 말이 다 끝났다.

엄청난 실력자들이라는 것이다.

'아스모데, 이년… 몸만 굴릴 줄 알지. 내가 이럴 줄 알았다.'

계약으로 맺어진 사이라서 혼자 내뺄 수도 없다.

결국 아스모데의 말을 들어야 하는 것이다.

그렇다 할 빽도 없는데 목숨만 날리게 생긴 것이다.

아스모데는 빨리 나가보라는 듯 고개를 돌리고 다리를 꼬고 있었다.

정말이지, 외모만큼은 서큐버스 저리 가라였지만 성격이 별로였다.

"무슨 일이야? 어떤 놈이 우리 아스모데를 인상 쓰게 하나."

"베헤모트, 또 술 마셨어요? 일은 어쩌구요."

"다른 애들한테 맡기고 술 한 잔하러 왔지."

비틀대는 모습에 아스모데가 다가가서 부축을 했다.

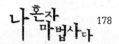

술냄새가 진하게 풍겨져 나왔다.

아스모데는 나가는 나바스와 눈빛을 마주쳤다.

그리고 슬쩍 웃었다.

나바스도 그 웃음에 뭔가를 느꼈다.

'베헤모트를 이용하시겠다?'

어떻게 될지 몰라서 나바스는 문 앞에서 기다렸다.

말소리가 조금씩 들려오는 것 같았다.

"저 요즘 고민 있어요. 그것 때문에 요즘 피부가 축축 처지고……."

"뭐야, 뭔데? 내가 해결해주지."

"별거 아니긴 한데… 어떻게 찾았는지 참. 인간들이 제가 관리하는 구멍으로 온 거 있죠."

"인간? 그냥 다 죽이면 될 거 아니야. 무슨 문제가 있다고."

"그게, 그 인간들이 좀 강해서… 연약한 저로서는……."

베헤모트는 그래그래 하면서 고개를 끄덕거렸다.

손은 아스모데의 가슴 언저리에 올라가 있었다.

기분이 나쁘긴 했지만 도움을 받을 수만 있다면 상관없었다.

"요즘 인간들한테 이상~한 능력이 생겼다고 하더만. 좋아! 내가 해결해주지. 어디야?"

"어머~ 정말요?"

"남자는 한 입으로 두 마디 하지 않는다!"

좋은 호구 하나가 잘 걸려들었구나 생각했다.

원래대로라면 지옥궁에 보고를 해야 했지만 이 선에서 해결만 할 수 있다면 그러는 게 좋았다.

"나바스~ 베헤모트 님 안내 좀 해드려. 아이구, 술은 그만두시구요~ 나중에 저랑 한 잔 하셔야죠."

"그래. 약속한 거다."

베헤모트, 지금 술에 찌들어 있지만 나름 강한 지옥민(지옥 주민)이었다.

지옥궁의 상차림 담당이며 술 담당이다.

전투에 특화되어 있지는 않지만 지옥궁에서 활동을 하는 만큼 강하다.

나바스는 베헤모트를 안내하면서 다행이다 싶었다.

이 한 목숨 살릴 수 있다는 사실에 감사하며 벌써 관문을 넘어오지는 않았겠지 생각했다.

'그 녀석이 시간을 잘 벌어줘야 하는데 말이야.'

하루 일행은 눈앞에 보이는 거대한 생명체에 시선을 빼앗겼다.

뒤에 문처럼 생긴 것이 보이긴 했다.

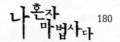

"역시 예상을 넘지는 않네. 켈베로스……?"

"머리 위에도 그리 써져 있고. 얘가 여기 있는 것을 보니 뒤에 있는 문 같은 건 확실히 지옥으로 가는 통로라는 건데……."

머리는 총 세 개.

몸 전체는 불타오르고 있었다.

괜히 지옥의 파수견이라고 부르는 것이 아니다.

위화감이 느껴졌다.

기본적인 게임에서 나오는 켈베로스들도 레벨 200은 된다.

정확한 수치를 알지 못하지만 지금 이 앞에 있는 켈베로스도 그 정도는 될 것이라 생각했다.

"누가 상대하지? 다 같이 상대를 해야 하나?"

"아무래도… 그렇지 않나? 근데 왜 가만히 있는 거지?"

켈베로스는 가만히 쳐다보고만 있었다.

하루 일행의 움직임에 반응을 하고 있는 것 같기는 한데 공격을 하거나 짖지도 않았다.

"앉아! 하…하. 이게 아닌가."

채령이 혹시나 하는 마음에 명령을 했지만 켈베로스는 미동도 없었다.

그러던 중에 말랑이가 좌우로 왔다 갔다 했다.

켈베로스의 시선도 함께 움직였다.

그러더니 말랑이가 하루에게 물었다.

"주인. 혹시 저 녀석… 암컷……?"

"그건 나도 잘 모르지, 근데 가운데에 그 덜렁이는 것은 없어 보이는데… 설마, 에이."

"주인님, 말랑이한테 반응을 하는 것 같은데요. 일리가 있는 것 같기도 하고……."

옆에서 나머지는 피식 웃었다.

그 설마가 사람 잡는… 아니, 말랑이 잡는 것이었다.

하루는 박수를 쳐줬다.

"축하한다. 드디어 원하던(?) 여자를 얻게 되어서."

"빨리 앞으로 나가도록. 켈베로스 유인을 부탁한다. 우린 저 문을 조사해야 한다."

이재영이 말랑이를 툭, 밀었다.

말랑이와 켈베로스는 서로 눈을 마주쳤다.

그제야 켈베로스가 앞으로 걸어 나왔다.

키아아아앙!

"거, 거대화!"

켈베로스는 말랑이를 향해 날아올랐다.

하루는 위협을 느끼고 거대화를 썼다.

몸집도 거대해지고 그곳도 거대해졌다.

켈베로스는 말랑이를 껴안은 상태가 되었다.

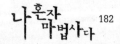

움직이지 않는 것을 보니 하루 일행이 생각한 것이 맞았다.

켈베로스가 말랑이에게 반한 것이 틀림없었다.

"크흠. 자리를 비켜주는 것이 좋은 게 아닐까."

"켈베로스가 저러다니… 뭔가 시시한데. 지옥이 맞긴 맞는 거야?"

이재영은 실망했다는 듯 말을 했다.

다들 문 앞에 섰다.

손잡이가 없지만 문이라는 느낌이 들었다.

이것 말고 다른 것은 없었다.

혹시나 다른 함정 즉, 트랩은 없나 확인을 해달라고 블랙 워커에게 부탁을 했다.

블랙 워커가 본 것도 이 문이 맞다고 했다.

"그럼 열어보겠습니다. 모두 뒤로."

하루가 마법을 쏘려고 했다.

손잡이가 없으니 부수고 들어가는 수밖에 없었다.

하루의 파이어 버스터가 작렬했다.

엄청난 소음 때문에 켈베로스가 달려들려 했지만 거대화를 쓴 말랑이가 켈베로스를 붙잡고 있었다.

"…이 인간들인가? 나바스."

"네, 맞습니다. 베헤모트 님. 그런데 어찌… 이 문을 부순 거지? 악마님이 직접 결계를 걸어뒀었는데……."

"강한가 보군. 확실히."

무너진 입구, 돌덩어리들을 가운데에 두고 나바스와 베헤모트, 하루 일행이 마주했다.

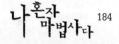

베헤모트는 뒤에서 말랑이와 잘 놀고 있는(?) 켈베로스를 한심하다는 눈으로 쳐다보고 있었다.

지옥의 무서운 파수견으로 활약하던 켈베로스가 저런 수컷 따위에게 정신이 팔려서 지옥으로 들어가는 입구를 열어주다니, 충격이었다.

"저런 면이 있는 줄 몰랐군. 켈베로스가……."

"베헤모트 님, 지금 그게 문제가 아니라… 인간 녀석들이……."

"…뭐하냐, 인간들아?"

하루 일행은 켈베로스를 보고 감상에 젖어 있는 베헤모트를 놔두고 몰래 들어갈려다가 나바스에게 걸리고 말았다.

베헤모트는 품속에 숨겨두었던 술통을 꺼냈다.

자신을 무시하고 가려고 했다니, 약간 자존심에 스크래치가 생긴 듯했다.

"내 술 맛 한 번 봐야겠군."

한 손으로 간신히 잡을 수 있을 크기의 술통을 흔들더니 뚜껑을 바로 열었다.

보라색 액체들이 날카롭게 쏘아져 왔다.

어떤 능력이 있을지 몰라서 전부 흩어지면서 그걸 피했다.

오준영은 방패로 막았는데 치이이익— 하는 소리 때문에 오준영조차도 자리를 피했다.

'부식, 부식되고 있다.'

확실히 하루의 생각이 맞았다.

쌓여 있던 돌덩이들이 점점 밑으로 가라앉으면서 부식되고 있었다.

이런 능력을 눈치챘는지 한 방울도 맞으면 안 되겠다는 생각이 들었다.

이 공간에서 전부가 활발히 움직이는 것은 좀 무리라는 생각이 있었다.

싸우기 좋아하는 가으하네가 먼저 대검을 들었다.

나머지는 지켜볼 뿐이었다.

"실력이 어느 정도 되는지는 모르겠지만, 지옥이라는 곳에서 만나는 첫 번째 제대로 된 상대인가? 내가 먼저 싸워도 되겠지. 유한정?"

유한정의 실력이 가으하네보다 많이 뒤떨어져 있었지만 나름 라이벌로 생각을 하고 있었다.

가으하네의 말에 유한정은 다음엔 자신의 차례라고, 더 강한 상대를 상대할거라면서 허락했다.

가으하네가 떨어진 돌덩이들 앞, 베헤모트 앞으로 나섰을 때 하루 일행 전체에 알림음이 들려 왔다.

─히든 포인트 '지옥'에 입장하셨습니다. 서서히 지옥의 생명체들이 여러분을 인지하기 시작합니다.

확실히 이곳이 지옥인 만큼 빨리 움직일 필요는 없었다.

영혼이 모인 곳, 소중한 사람들이 있는 곳을 탐색하며 가야 했다.

"크하하! 내 앞을 그런 식으로 막아? 검도 별로 좋아 보이지는 않구만."

베헤모트는 술통을 가으하네에게 던졌다.

가으하네는 가볍게 반으로 쪼갤 생각으로 검을 치켜들었다.

그러나 검에 닿는 순간, 이건 벨 수 없는 것이라고 눈치를 챘다.

뛰어서 피해버린 가으하네는 베헤모트를 노려봤다.

"오~ 벨 수 없지, 그럼. 그렇고말고. 뭘로 만들어졌는데."

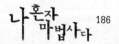

술통은 가으하네 뒤에 있는 돌덩어리들을 맞고 튀어나
온 건지, 베헤모트가 조종을 한 것인지 굴러서 빠르게 베
헤모트의 곁으로 돌아왔다.

"뭐지? 그건."

"인간들은 말로 싸움을 한다던데 정말 그런가 보군. 아
니, 너는 인간이 아니란 걸 알겠는데. 뭐지? 악마도 아니
고."

베헤모트는 궁금하다는 듯 물었지만 가으하네는 말로
싸움을 한다는 것에 검을 더욱 고쳐 잡았다.

"한동안 가으하네와 싸워 본 결과. 검을 저렇게 잡는다
는 건… 진짜로 하겠다는 건데."

유한정은 가으하네가 검을 잡은 손을 바라봤다.

정석대로 검을 잡는 방법에서 벗어난, 가으하네 혼자
만의 특유한 검잡이 방식이다.

베헤모트는 술통을 한 번 빙글 돌리더니 가으하네 쪽으
로 던졌다.

가볍게 피하며 가으하네는 베헤모트 쪽으로 덜렸다.

그러나 뒤에서 무슨 파괴력인지, 바람인지 공기 파장이
일어났다.

가으하네의 몸은 앞으로 쏠렸고 베헤모트가 가으하네
의 얼굴에 주먹을 빠르게 꽂았다.

'공격을… 허용 당했어?'

이렇게 쉽게나 공격에 노출이 되었다니, 유한정은 놀라웠다.

그건 하루도 마찬가지였다.

이렇게 맞는 것은 보지도 못했었다.

지금 가으하네의 모습이 멀쩡하기는 했지만 공격당했다는 것이 문제였다.

"도와… 줘야 할까요?"

"아니, 그냥 내버려 두고 지나가면 되겠지. 알아서 올 거야."

걱정은 없었다.

가으하네는 강하니까.

지옥 안쪽으로 들어가서 어떻게 생겨 먹은 곳인지 좀 봐야 했다.

"어딜 가려고. 나는 안보이나? 인간 녀석들."

"뭐야? 저 뚱땡이 부하 아닌가? 비켜."

나바스가 길을 가로막았으나 유한정은 무시했다.

하루는 빨리 찾고 싶었다.

천천히 움직이긴 해야겠지만 이런 것에 시간 낭비는 불필요하다고 생각했다.

"컨트롤― 너, 영혼들이 모여 있는 곳이 어디인지 아냐?"

"이건 무슨…! 어서 풀지 못해!"

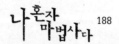

굵은 마나실로 묶인 나바스는 발버둥을 쳤다.

생각대로 강하다는 것은 인지했다.

좀 떨어진 곳에서 베헤모트도 검은 갑옷을 입은 이상한 놈과 박빙으로 싸우고 있었다.

"모른다면, 그냥 죽는 수밖에 없지."

물어볼 상대는 안쪽에 더욱 많을 것이다.

거절한다면 그걸로 끝.

죽이고 안쪽에 들어가서 찾으면 된다.

간단한 문제였다.

하루는 파이어―버스터로 단번에 나바스를 없애버렸다.

베헤모트가 그 모습을 보고 깜짝 놀랐다.

저 정도 힘은 정식 악마가 되어야 쓸 수 있는 불의 능력인데 인간 따위가 사용을 하다니 말이다.

"다른 데 볼 틈이 없을 텐데."

가으하네가 밀어붙였다.

베헤모트는 술통을 적절히 활용해서 공격을 막아대고 있었지만 위험했다.

그사이, 하루 일행은 지옥으로 완전히 입성을 했다.

하늘은 불그스레한 것이 노을 같았는데 노을보다는 진한 빨간색이었다.

"멀리 사람들이 보이는 것 같네요. 여기서 조금만 더

가면 되는 것 같습니다."

"다들 흩어져서 정보를 수집하도록. 되도록 많이."

조준호는 호크 아이로 멀리까지 내다봤다.

역시나 궁수라서 시력이 좋은가 보다.

블랙 워커는 그 말을 듣고 주변에 따라오던 일행을 분산시켰다.

최초로 지옥에 대한 정보를 얻게 되는 것이었다.

만약 찾는 이들이 있으면 비싼 값에 팔아넘길 수 있을 것이다.

"주인님, 하루로 끝날 것 같지는 않아요. 지낼 곳을 찾아야 돼요."

"일단 이곳 생명체들이 어떤지 좀 봐야겠지. 뭐가 있을지도 모르는데 밖에서 텐트치고 잘 수는 없잖아."

채령의 말이 맞다.

하루 정도로는 이 넓은 곳을 뒤져가며 찾을 수 없을 것이다.

며칠간 정보를 찾고, 전투도 많이 하게 될 것이다.

방금 전 베헤모트와 같은 자들보다 더 강한 자들이 있을 것이다.

조준호가 미리 멀리까지 봤던 곳에 도착을 했다.

딱 보기에는 평범해 보였다.

여기가 지옥인가 하는 생각은 거의 들지가 않았다.

왜냐하면 이곳에 있는 사람들이 지금 하루 일행과 별다른 생김새를 가지고 있지 않았기 때문이다.

가끔 골목이나 건물 창문 틈 사이로 괴상하게 생긴 몬스터들이 모습을 들이댔지만 하루 일행을 신경 쓰지는 않았다.

"아무래도 몰려다니면 시선이 쏠리기 마련이다. 각자 흩어져서 다녀. 보일 수 있는 곳에서."

"제 생각도 같네요. 머물 수 있는 곳을 우선 찾는 게 좋겠어요."

"가으하네는 내가 데려오지. 전투가 끝난 것 같으니까."

조준호가 다시 한 번 호크 아이로 지나온 방향을 바라봤다.

가으하네의 모습이 보였다.

갑옷 어깨 쪽이 조금 부식 되었다는 것 빼고는 멀쩡해 보였다.

하루는 가던 길 그대로 가고, 채령도 그 옆에 붙어 있었다.

나머지는 좀 떨어진 곳에서 구경을 하며 걸었다.

각자의 위치를 기억하는 것을 빼놓지 않았다.

그렇게 걷던 중에 오준영이 뭔가 찾았는지 손을 흔들었다.

"저거… 여관 아니에요? 딱 봐도 쉬어가라는 뜻 같은데."

간판에 딱 그림 하나만 있었다.

란제리를 입은 여자가 침대에 편안히 누워 있는 모습이었다.

채령만 빼고 동시에 침을 삼켰다.

"저기가 맞는 것 같긴 한데."

다들 고개를 끄덕이며 그쪽으로 향했다.

가으하네를 데리러 갔던 조준호도 바로 뒤에 도착을 했다.

유한정이 먼저 문을 열고 안쪽으로 들어갔다.

지옥의 컨셉인지 여기만 그런지 붉은색 빛이 하루 일행을 반겨줬다.

"여관, 맞…죠?"

하루 일행이 지난 길, 가으하네와 베헤모트가 싸웠던 흔적이 여기저기 남겨져 있다.

피가 흐르는 베헤모트의 모습은 처참했다.

입에서 각혈이 나오고 몸 여기저기 검상이 남아 있었다.

완전한 참패였다.

처음에 맞아준 것의 울분을 토하듯 엉망진창으로 만들었다.

"으… 하. 하— 아. 아스모…데…….”

지옥에서 활동하는 악마들의 생명력은 강하고, 질기다.

베헤모트도 악마 중 하나였기에, 지금 신체가 붕괴되는 상태라고 해도 치료만 잘 받는다면 나을 수 있었다.

그러나 알고 있다.

이 상태로는 얼마 가지 않아서 완전히 소멸해 버릴 것이라는 걸 말이다.

아스모데가 있는 곳은 이곳을 나가 바로 옆이다.

하루 일행이 보지 못한 이유는 건물을 숨기는 어떠한 장치를 해두었기 때문이다.

베히모트는 기었다.

두 다리가 멀쩡하지도 않았고 몸을 지탱할 수 있는 힘조차 없었다.

"버… 버틸 수 있다. 아스……!”

멀지 않았기에 일단 건물 입구까지 오는 것은 성공했다.

목소리도 잘 나오지 않는다.

이런 모습을 아스모데에게 보이고 싶지는 않았지만 어

쩔 수가 없었다.

어서 이 인간들에 대한 얘기를 하고 악마궁에 가서 보고를 하라고 말을 전해야만 했다.

이곳, 지옥에서 어떤 문제를 만들어 낼지 몰랐다.

그리고 어찌 됐든 간에 죽지 않고 지옥으로 무단으로 들어온 것은 불법이다.

영혼 박탈감이었다.

"아스모데… 아스……."

"베, 베헤모트!"

와인 잔을 들고 자신의 방으로 가던 아스모데가 땅바닥에서 피를 흘리고 있는 베헤모트를 발견했다.

그 순간 아스모데는 머리를 굴렸다.

'이 정도로 만들었어…!? 베헤모트를, 아무리 요리 담당 악마라고는 하지만 인간이 어떻게…….'

"아스모, 모데. 인간들… 강하다. 한 명 한 명이 강한 것 같…아."

"한 명한테 당한 거예요? 당신이?"

"…어서 알려야 돼. 알라스토르 님에게……."

아스모데는 입술을 질끈 깨물었다.

나바스도 같이 오지 않은 것을 보니 분명 당했다.

10명 정도 되는 인간들이라고 했다.

한 명이 베헤모트를 처치할 정도라면 꽤나 심각하다는

소리였다.

지옥의 형 집행인이라는 자리를 맡고 있는 알라스토르에게 찾아가라고 할 정도라면 뭔 일을 저지를 수 있을 가능성이 무궁무진하다는 것이었다.

"나 좀. 날 살려줘… 술 좀……."

"…미안해요. 지옥궁에 알리기 위해선 베헤모트, 당신이 살아 있으면 안 돼요."

"크… 크억!"

이빨 빠진 호랑이를 잡는 일은 누워서 떡 먹기였다.

아스모데는 가슴골에 넣어두었던 단검으로 베헤모트의 목을 땄다.

더 이상 재생하지 못하도록 완전히 끊어버렸다.

"가비! 지옥궁으로 간다. 여기 치우고, 구멍은 그대로 내버려 둬."

구멍이란 하루가 들어온 통로였다.

몇 천 년간 한 번도 열리지도 않았던 곳이 열려버렸으니 문제였다.

하필 아스모데, 자신이 맡은 시점에서 얼마 지나지 않아서 말이다.

아스모데는 확실히 깨질 궁리를 하며 옷을 갈아입었다.

베헤모트의 피가 튀어서도 있었지만 유흥 총지배인으

로서 몸을 굴려야 할 타이밍이 올지도 몰랐다.

항상 이렇게 생명은 연장해 왔으니 이번에도 눈에 들어서 무사히 넘어가길 바랄 수밖에 없었다.

'알라스토르, 처음 만나는 건 아니지만… 하아……'

아슬아슬하게 보이는 의상을 입고 아스모데가 지옥궁으로 출발했다.

붉은색 빛이 비춰지는 가운데 나온 것은 여자였다.

그림과 비슷하게 생긴 듯한 모습이었는데 이번에도 역시 채령만 빼고 멍하니 보게 되었다.

"여관, 맞는데. 음… 지옥민 맞나? 처음 보는 얼굴들인데."

"맞아요. 방 있죠?"

"다섯 개밖에 없는데, 남자들끼리는 꾹꾹 눌러서 써도 되지만 뭐. 빈방 아무데나 쓰고. 계산은 나갈 때 하는 걸로."

관심 없는 척, 여자는 데스크 안쪽으로 들어갔다.

'원래는 계산을 먼저 하지 않나'라는 생각이 들었지만 좋은 게 좋은 것이었다.

뭐 먹을 거나 여러 가지 상황에 따라서 가격은 달라질

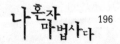

테니까 마지막에 전부 계산하는 것이 좋긴 했다.

"주인님… 주인님은 저랑 같은 방……."

"그, 잠시만… 일행들……."

끄덕 끄덕.

채령이 방으로 올라가던 중 하루를 붙잡았다.

위에서 올라가던 다른 일행들은 그런 둘을 보고 뭘 알았다는 것인지 고개를 끄덕이며 음흉한 웃음을 지었다.

결국 아홉 명이 4개의 방을 나눠서 들어갔고, 하루는 채령의 손에 이끌려서 같은 방에 들어가게 되었다.

방은 밖에서 볼 때보다 나름 컸다.

한 방에 다섯 명쯤은 자도 될 만한 공간이었다.

"주인님… 저 지금 하고 싶……."

"채령아, 지금은… 우리 방 확인했으면 정보 모으러 가야지. 어떤 위험한 것이 있을지 몰라. 조심해야 돼."

"힝……."

채령이 하루의 팔에 부비부비를 하며 다가왔지만 하루가 내뺐다.

도망치듯 방문을 열고 나와서 소리를 쳤다.

"다들 나와봐!"

"…뭐하려던 거 아니었어? 괜찮으니까 하던 거 해도……."

오준영이 다 이해한다는 보살과 같은 표정으로 말했다.

그러나 하루는 고개를 저으며 좁은 복도에 나온 일행들에게 일단 여관 앞으로 나가자고 했다.

왜 이러한 행동을 하는 것인지 알고는 있다.

이제부터 해야 할 것은 정보를 모으는 일이다.

아까처럼 몬스터들을 그렇게 만날 수도 있으니 조심하기도 해야 했다.

"난 알아서 찾아보지. 살릴 수 있다는 게 정말인지."

의심하는 눈초리로 이재영 혼자서 멀리 걸어갔다.

말리지는 않았다.

저런 행동을 할 만큼 강하니까 말이다.

하루는 이제 나머지 일행들을 봤다.

다 같이 이동하고 정보를 얻어서 오는 것은 무리다.

눈에 띄기도 했고 효율적이지도 않았다.

"음… 제 생각에는 서스러, 파라데, 파르데가 함께 움직이… 아니다. 조준호 씨도 같이 가주세요. 그리고 준영이랑 가으하네, 말랑이가 같이 움직이고 저랑 채령이 같이 움직입니다."

어떻게 보면 가장 잘 정한 것 같았다.

외국인 셋의 조합에서 나름 브레인 축에 드는 사람은 조준호.

방어와 공격을 할 수 있는 오준영과 가으하네, 말랑이가 함께하고 채령은 하루가 챙겨야 할 것만 같은 느낌이

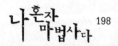

었다.

다들 괜찮은지 고개를 끄덕였다.

어떤 정보라도 가지고 오면 된다고 했다.

밖이 좀 어두워지긴 했지만 아직 거리에 사람들은 많고 하루 일행을 보면서 적대적인 것도 없다.

"그럼… 출발합시다."

영혼 & 악마

 다들 흩어져서 사람들에게 다가갔다.

 지옥에서 사는 사람들답게 얼굴빛이 별로 좋지 않았다.

 회색빛의 창백한 정도였다.

 현재의 인간 세상에 있는 것과 별다를 바가 없는 건물들의 모습.

 하루는 여관과 별로 떨어지지 않은 곳의 잡동사니를 파는 곳처럼 되어 있는 가게로 갔다.

 말을 걸기가 좀 쑥스러운(?) 느낌이 있었지만 채령이 먼저 다가갔다.

"저기요. 대화 좀 가능… 할까요?"

"…기……."

잡화점이라고 할 수 있는 그 가게의 주인은 채령과 하루를 바라보고 두 눈이 커다래졌다.

신기한 것을 봤을 때, 이곳에 있어서는 안 되는 것을 봤을 때 나올 만한 리액션이었다.

놀란 듯 손이 부들부들 떨리며 채령을 만지려 했다.

채령은 뒤로 한 발짝 물러났다.

"생기가… 생기… 있다. 육체……!"

뭔가 냄새를 맡는 듯 눈을 감고 코를 킁킁거렸다.

이상한 그 모습에 하루는 마법을 쓸 준비를 언제든지 하고 있었다.

'생기… 살아 있는 사람을 알아보는 건가?'

좀비처럼 주변에서 걸어오는 것이 느껴졌다.

가만히 있던 사람들이 이 잡화점 가게 주인의 목소리에 반응을 하는 것이다.

공격적으로 다가오지는 않았지만 왠지 무서운 그런 어두운 기운이 있지 않은가, 그것이 느껴졌다.

"무슨 말을 하는 거야? 물어볼 것이 있다고."

"채령아, 아무래도 말에서 반응을 하는 것 같은데……."

"알고 있어요. 근데 이 사람, 말도 하고 저희한테 관심이 있는 것 같은데. 정보는 얻어야죠. 위험하면… 지켜주실 거잖아요."

오히려 당당하게 나가자는 것이 채령의 생각이었다.

이 정도 위압감의 놈들이야 하루 혼자서 간단하니 별걱정은 없지만 아무런 정보도 없이 감당하지 못할 놈들이 나타나는 경우를 생각해야 한다.

"당당하게 나갈 거라면."

하루는 잡화점 주인장의 어깨를 잡았다.

블링크로 이동을 해서 한 행동이라 잡화점 주인장은 놀라서 벌벌 떨었다.

"생기, 그딴 말 하지 말고. 제대로 대답을 해. 영혼이 모여 있는 곳, 죽어 있는 사람들은 어디로 가게 되는 거지?"

"우, 우리를 말하는 건가…요? 저희는… 언제부터…? 언제부터 있었지. 나는 언제부터……?"

잡화점 주인장을 포함해서 주변에 있던 지옥민들은 서로 인상을 쓰며 생각을 했다.

언제부터 있었는지 생각이 나질 않는다.

머릿속이 하얗다.

이런 말들만 했다.

아무래도 기억을 하지 못하는 것처럼 보였다.

누군가 강제로 기억을 삭제했겠지.

"여기 이 사람들이 이런 상태라면……."

"아마 다른 조들도 다 마찬가지겠지. 곧 있으면 오겠는데, 이거."

"지구에서 죽은 사람들의 영혼이 지옥으로 오게 돼서 이 사람들이 되는 걸까요? 여기저기 흩어져서. 아니면 어딘가에 따로 모여 있는 영혼이 있을까요?"

채령이 물었지만 대답을 할 수가 없었다.

하루로서는 모여 있는 것이 좋다.

여기저기 흩어져 있다면 찾기가 힘들 테니 말이다.

하루는 다시 돌아가자는 손짓을 하고 뒤돌아섰다.

아마 몇 분간 저들의 저런 행동이 계속될 것 같은 느낌이었다.

마치 버퍼링에 걸린 것처럼 말이다.

"그럼 이 사람들 말고… 높은 놈들을 찾아가 봐야 하나. 아까 그 돼지처럼 말이야."

"아무래도 그렇겠죠? 적어도 이 사람들보다는 많은 걸 알고 있을 테니까요."

"…저기. 잡화점 아니야? 혹시 지도 같은 게 있지 않을까?"

채령이 하루의 박에 박수를 딱! 쳤다.

그리고는 바로 인상을 쓰며 자기가 언제부터 있었는지 생각하던 잡화점 주인장에게 다가갔다.

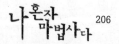

"지도. 지도 있어?"

"…아… 난 언제… 지도……?"

주인장은 고개를 끄덕였다.

채령은 달라는 듯 손을 내밀었다.

잠깐 뒤적거리더니 얇은 종이를 찾아냈다.

그걸 채령에게 넘기니 이번에는 주인장이 손을 내밀었다.

"값."

"얼만데?"

"탁한 영혼 하나."

하루가 그 말을 듣고 빠르게 다가왔다.

방금 영혼을 달라고 하는 말을 똑똑히 들었다.

그런데 자신들은 어디서 왔는지 모른다.

영혼을 달라고 하는 것을 보면 거래에 이용이 된다는 것.

'화폐가… 영혼이야? 영혼?'

물어봐도 또 모른다고 하겠지, 하루는 채령의 손에서 지도를 빼앗고 그냥 여관 쪽으로 갔다.

잡화점 주인장은 뭐 어떻게 할 수가 없었다.

하루가 풍기는 기운에 도둑이다, 잡아라 등등 뭘 할 수가 없던 것이다.

그냥 강탈을 당한 것과 다름이 없었다.

'영혼이 화폐… 화폐……'

높은 놈을 만나서 물어 볼 것이 하나 더 생겼다.

일행을 만나서 얘기를 나눠봐야 할 것 같았다.

지금으로써는 저들에게 더 얻어낼 정보는 없다는 것이 결론이었다.

알라스토르, 지옥의 형 집행인.

누구나 쉽게 만날 수 있는 그런 악마는 아니었지만 사태가 사태인 만큼, 나름 지옥에서도 뒷골목 세계라는 것이 있다.

아스모데는 그 힘을 써서 알라스토르를 만날 기회를 얻을 수 있었다.

지옥궁에 있는 악마들의 눈을 피해서 알라스토르의 방문을 열고 들어온 아스모데는 인사를 올리고 고개를 올려다봤다.

거대한 책상.

그 뒤에 의자와 의자에 앉아 있는 알라스토르의 크기는 평균적인 인간의 크기 20배에 달했다.

"무슨 일로 찾아온 거지. 그것도 몰래 말이야."

"정식으로 들어오게 되면 시간이 좀 걸려서 이렇게 무

레인 줄 알면서도 정상적이지 못한 방법으로 찾아뵙게 되었습니다."

쿵.

알라스토르는 아스모데의 말을 듣기 위해 읽고 있던 법전을 닫았다.

"말해 보죠. 아스모데, 그러나 흥미롭지 못한 이야기라면 직접 이 법전을 펼쳐줘야 할겁니다."

"네… 네! 말하겠습니다. 흥미가 있을 겁니다. 중요한 사항이기도 하고요."

아스모데는 긴장한 기색이었다.

법전의 무게는 상상을 초월한다.

예전, 알라스토르의 흥미를 돋우지 못해서 법전을 펼치라는 명을 수행하는 데 많은 시간이 걸렸다는 소문이 있다.

적어도 10년 이상은 매달리고 체력과 힘을 단련해야지만 펼칠 수가 있다는 소문이었다.

"구멍이… 열렸습니다. 앞에는 제 아랫사람이 지키고 있었고 저도 막아보려 했으나… 지옥궁의 베헤모트 님도… 당하셨습니다."

"…인간?"

"네, 인간입니다. 보통 인간이 아닙니다. 모두 멀쩡히 지금 지옥에 들어왔습니다."

"그때 내가 반대한 것으로 아는데. 그런 작은 구멍이라도 허약한 놈에겐 맡기지 말라는 것을 말이야. 결국 일이 터졌군. 베헤모트… 앞으로 지옥궁 식사는 맛이 없겠군."

알라스토르는 잠시 턱을 괴고 생각했다.

지옥의 형 집행인이라는 자리는 직접 가서 일을 처리하는 것이 아니다.

일단 잡아와서 그다음 처리를 결정하는 것이다.

"내용은 흥미로우니… 법전은 내가 펼치지. 아, 4대 악마. 알고 있나?"

"…알고 있습니다. 존경하는 악마의 수령 님…….."

"그중에 누가 제일 좋은 것 같나?"

"네? 그게 무슨……."

알라스토르가 됐다며 손짓을 했다.

아스모데는 알라스토르가 지금 무슨 생각을 하는 것인지 이해가 가질 않았다.

인간 녀석들을 잡기 위해서 설마 4대 악마, 악마들의 수령이라고 할 수 있는 자들을 내보낼 생각인 건가 싶었다.

"벨리알… 그래. 벨리알이 좋으려나? 아주 심심해하던데."

"베, 벨리… 벨리알 님…요?"

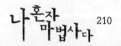

아스모데는 입으로 말을 하면서도 덜덜 떨었다.

그런 존재다.

벨리알이라는 이름은 '무가치한 자', '사악한 자'라는 의미를 지니고 있었다.

사해문서라는 것에는 어둠의 자식의 지도자라고도 표기가 되어 있다고 한다.

원래는 사타나엘이라는 이름을 가진 신의 사자로, 모든 천사 중에 최초로 만들어졌다고 한다.

'미쳤… 아니. 일이 점점 커지는데…? 아니, 벌써 커진 건가.'

4대 악마 중 한 명이 움직인다.

그 의미는 다른 악마들의 시선이 움직인다는 뜻이었다.

아스모데 자신에 대한 이름이 거론되고 오르락내리락 할 것이 뻔했다.

"가봐. 알아서 해결하겠다. 구멍에 대해서는… 인간들을 보고 결정하기로 하지."

예상했던 대로 하루 일행은 여관 앞에 거의 모여 있었다.

하루와 채령이 도착한 이후에 말랑이가 혼자서 뒤이어 왔다.

각자의 눈을 보니 생각하는 것이 비슷비슷한 것 같았다.

"역시, 같은 이유로 이렇게 빨리 모였네."

"여기 지옥의 지도. 그리고 이곳 사람들은 기억을 못해요. 삭제당한 거죠."

"지도? 그건 잘 구해왔군. 그렇다면 화폐가 영혼이라는 것도 알겠군."

하루의 말을 듣던 이재영이 화폐에 대해서도 말을 했다.

다들 놀라는 기색이 없는 것을 보니 같은 정보를 입수한 듯했다.

"그렇다면… 강한 놈들을 만나야겠군요. 악마, 악마가 있겠죠."

"주인. 영혼을 봤다. 지금도 하늘에서 모이고 있다. 어딘가로 이동을 한다."

"…뭐!?"

모두들 하늘을 쳐다봤다.

당연히 보이는 것은 없었다.

그럴 능력을 지니고 있는 것도 아니고 말이다.

그러나 하루는 달랐다.

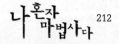

말랑이의 주인으로서 시선을 공유할 수 있었다.

다들 한 방향으로 움직인다.

사람의 형태를 띠고 있으며 연한 파란색 빛을 내고 있었다.

무언가에 빨려가듯이 날아가는 모습이었다.

"난 아무것도 안 보이는데."

"말랑아, 뭐 잘못 본 거 아니야? 그럴 리가 없는데."

"있… 있어요. 있어."

"아마도 우리 눈에만 보이는 것 같네요. 말랑이 덕분에 저는 볼 수 있고 채령은… 채령이도 볼 수가 있습니다."

채령도 한때 영혼이었던 적이 있었다.

그 경험 때문에 이러한 영혼들을 볼 수 있는 것이다.

다들 고개를 끄덕이고 하루의 다음 말을 기다렸다.

"저걸 따라가야겠습니다."

"쉬지도 못하네. 이럴 것을 예상하지 않은 건 아니지만."

"엄살이 좀 있군. 유한정. 어서 강한 상대와 싸워보고 싶지 않은 건가?"

"이러고 있는 시간이 아깝습니다. 먼저 갑니다."

하루는 영혼들을 보며 뛰기 시작했다.

뒤이어 일행들이 따라왔고 하루는 손에 들고 있었던 지

옥 지도를 펼쳤다.

그리고는 우뚝, 멈춰 섰다.

"…지옥궁?"

"왜, 무슨 일이야?"

이재영이 다가와서 하루가 들고 있는 지도를 바라봤다.

중요 표시를 해두고 지옥궁이라고 써 있는 곳.

이재영은 미소를 지었다.

"그래, 여기 있다는 거지. 방향이."

하늘과 지도를 같이 본 이재영은 앞으로 걸어갔다.

찾을 수 있다는, 살릴 수 있다는 믿음이 많이 생긴 것이다.

다 같이 움직이는 동안 말랑이조차도 보지 못하는 인물이 하늘, 핏빛의 검붉은 하늘에서 그들을 지켜보고 있었다.

"인간들 재밌네. 알라스토르가 말해줘서 좋긴 하네. 그다지 재미를 볼 수 있는 건 아닌 것 같은데 말이야."

4대 악마 중 하나인 벨리알이었다.

알라스토르가 갑자기 찾아와서 하는 말을 듣고 바로 이동을 했다.

따분한 것이 지옥 생활이었는데 잔챙이들이 어떻게 들어왔는지 궁금했지만 신선한 대화를 나눌 수 있을 것 같았다.

"지옥궁으로 가는 것 같은데… 다른 놈들한테 빼앗길 수는 없지."

벨리알은 검은색 멋들어진 날개를 펄럭이며 아래로 내려갔다.

빠르게 이동을 하던 하루 일행의 앞에 떡하니 모습을 드러냈다.

생각하던 악마와 흡사한 모습이 눈앞에 바로 나타나니 다들 숨을 들이켰다.

철커덕, 철커덕.

조용히 전투 준비를 했다.

'악…마. 악마.'

—위험! 4대 악마 중 한 명인 '벨리알'이 등장하였습니다.

—두려움에 몸이 경직됩니다. 능력치의 20%가 감소합니다. 암흑 속성 공격이 통하지 않습니다.

알림음이 울렸다.

이 정도로 심하게 능력치가 감소되는 것은 처음이었다.

그리고 암흑 속성 공격이 통하지 않는다는 것은 가으하

네는 지금 아무런 힘도 쓰지 못한다는 뜻이었다.

하루 일행은 떨고 있는 것이 눈에 보였다.

더욱이나 4대 악마 중 한 명이라는 알림음까지 들었으니 공포는 배가 되었을 터.

"음… 여긴 어떻게 오게 된 건가. 인간들?"

적막함과 무거운 공기를 느끼던 하루 일행에게 먼저 벨리알이 입을 열었다.

이재영이 벨리알의 두 눈을 쳐다봤다.

나서경 기자를 생각하는 듯한 모습이다.

그와 함께 이런 말을 꺼내게 되면 죽게 되겠구나 하는 생각도 들었다.

"소… 소중한 사람을 살리기 위해. 왔다."

"그건 조금 어려울 텐데, 인간들. 설마 그것 때문에 지옥궁에 들어갈려는 건가. 이 방향은?"

이재영이 고개를 끄덕였다.

그러면서 스킬을 시전했다.

다른 일행도 모두 마찬가지였다.

어쩔 수 없이 싸워야 하고, 하늘에 보이는 영혼들이 지금 향하고 있는 곳을 가야 했다.

"지금 하려는 행동에 책임을 질 수는… 있겠지?"

"그전에, 저 영혼들은 어디로 가고 있는 거지? 역시 지옥궁. 맞지?"

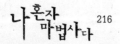

"보여? 인간들 눈에 보일 리가 없을 텐데… 웃기는군. 그래, 지옥궁이 맞다. 내 먹이들이기도 하지. 아, 내가 네놈들이 찾는 영혼들을 먹었을 수도 있고."

벨리알은 자신의 배를 탕탕 쳤다.

눈이 옆으로 쫙 찢어졌다.

툭—

미간을 노린 화살이 벨리알의 손등에 맞아서 힘없이 떨어졌다.

"반말에, 먼저 공격에… 예의가 없네. 난 친절히 물음에 대답도 해줬잖아. 안 그렇습니까."

"인페르노—!"

화살은 조준호의 화살이었고 어느새 멀리 떨어졌는지 모습이 보이질 않았다.

그렇지만 분명 어딘가에서 활시위를 계속 당기고 있었다.

그다음은 하루의 마법이 이어졌다.

죽이 되든 밥이 되든 해봐야 알 수 있었다.

"찬란한 빛이여, 악령을 퇴치하고 그림을 움직이게 하소서."

서스러를 포함해 파르데 파라데는 슈겐도를 맺고 있었다.

제대로 전투가 시작된 것이었다.

찰나의 순간이었지만 벨리알의 입꼬리가 올라가는 모습이 보였다.

이재영도 단검을 꺼내긴 했는데 스킬 발동을 할 타이밍을 잡고 있었다.

시간을 움직이는 것이기 때문에 시간이 좀 걸릴 예정이었다.

"마법…이라, 마법. 어떻게 네놈이 마법을 쓰는 것이지."

벨리알은 손을 한 번 휘두르는 것으로 하루가 시전한 인페르노를 무마시켰다.

화염 속성에도 저항이 있는 것일까 하는 생각이 들면서도 하루는 다른 마법들도 시전했다.

각 속성 마법들을 시전해도 거기서 거기였다.

7서클 마법조차도 먹히지 않는데 과연 그 위의 마법들은?

벨리알은 공격은 하지 않고 있었다.

그게 다행이기도 했지만 지금 이 상황은 계란으로 바위치기였다.

"전혁……."

"안 통한다. 악마가… 얼마나 강하길래……."

하나둘 손을 툭툭 떨어트렸다.

미동조차 없는데 뭘 어찌할 방법이 없었다.

대형 몬스터는 그냥 애완동물 수준이다.

벨리알이 손 하나 까딱하면 그냥 죽을 것 같았다.

멀리 떨어져 있던 조준호도 쏘던 활을 내려놓았는지 화살이 더 이상 날아 들어오지 않았다.

"인간들은 포기하지 않는다고 들었는데. 벌써 포기인가?"

"왜… 죽이지 않는 거지. 죽이려 하던 게 아닌가?"

"난 구경만 할 뿐이지. 근데 넌 좀 흥미로워. 마법을 쓸 수 있다니. 자연을 다뤄? 신과 관련이 있나?"

하루가 드디어 입을 열자 기다렸다는 듯 질문을 해왔다.

벨리알은 날개를 접고 하루에게 다가왔다.

신기하다는 표정으로 바라봤다.

"나도 마법이라는 것, 마법이라고 할 수 있을까? 지옥의 화염. 사용할 수 있지. 말로만 들었는데 말이야. 마법이 있어. 응? 흥미로워."

"신? 상관없다. 이제 살려…주는 건가?"

"아니. 구경만 할 뿐이지만 죽을 수도 있지. 일단 알스토르에게 데려가야겠……."

"도, 도망가. 도망가야 돼. 죽는다. 빨리!"

주변 시간이 멈췄다.

벨리알도 말을 하던 도중에 멈춰 섰지만 하루 일행 아

니었다.

이재영이 스킬 시전을 성공한 것이다.

"도망쳐도 살 수 있나?"

"일단 해보기라도 해야지, 저런 괴물을 상대하다간…
죽는다."

시간을 멈출 수 있는 시간은 짧다.

그 안에 벨리알의 시선이 닿지 않는 곳으로 가야 했다.

하루를 포함해서 모두가 뛰기 시작했고 죽기 살기로 달
렸다.

하루는 일행들을 계속 보면서 블링크를 시전했다.

"높은 서클 마법. 역시… 안 통하겠지."

"악마야, 진짜 악마. 꿈쩍도 안 하는 거 보지 않았나?
이하루."

심장이 벌렁거리는지 이재영조차도 떨리는 목소리로
말을 했다.

어떻게 할 수 있는 상대가 아니다.

괜히 전설 속이나 알림음에 들린 것처럼 4대 악마 중 하
나가 아니었다.

"아주 패기로운데. 칭찬을 해줘야 하나? 도망칠 생각
을 하다니 말이야."

"……!?"

또다시 멈춰 섰다.

벨리알이 하루 앞을 가로막은 것이다.

놀라서 다들 털썩 주저앉았다.

이재영도 다리를 떨고 있었지만 주저앉는 것은 하지 않았다.

벨리알은 또 신기한 것을 발견한 듯한 모습이었다.

"시간도 멈추나? 이런 능력들은 어떻게 얻은 거지. 인간 주제에? 나 참. 나 혼자 보기 아깝군."

"시끄러워… 시끄러워. 내 집 위에서 어떤 놈이 입을 나불거리나."

순간 새롭게 튀어나온 목소리에 다 놀랐다.

특히 놀란 건 하루였다.

여기에 있어서는 안 되는… 아니, 원래 여기에 있어야 하나? 라는 생각이 들게 만드는 인물이었다.

"악마? 악마 새끼가 어디서."

"넌 뭐지? 해골바가지. 지옥민이냐? 살고 싶다면 꺼져라. 벨리알, 내 이름이다."

"벨리… 벨리알!? 이하… 넌 무슨!?"

그제야 하루의 얼굴을 봤는지 새로운 목소리의 주인은 놀라워했다.

벨리알이 살기를 뿌리는 것을 알고 있을 테다.

"리치……?"

칸드라가 하루를 찾아왔을 때 본 것이 끝이었다.

지금은 생각조차 하지 않고 있었는데 지옥민들이 살고 있는 건물 위로 도주하던 중, 벨리알이 막아선 곳의 집에서 리치가 나온 것이다.

주변을 둘러보더니 리치가 서서히 상황을 인지하기 시작했다.

"여긴 지옥이고. 4대 악마 중 하나인 벨리알이 너희를 잡으러 왔고. 흥미도 있고. 그러던 중 내가 나타난 거고."

리치는 벨리알이 보고 있는데도 불구하고 '크크크' 하며 웃었다.

"요즘 안 보는 새 뭔가 많이 달라진 것 같네. 유일한 자연계 마법사?"

"내 말을 무시하는 건가. 지옥민 주제에?"

"하아… 벨리알은 너무 강한데 말이야. 내 흑마법으로는 처리를 할 수가 없다고. 그래, 마법에 대해서 좀 뭘 알게 됐나?"

"무시하는 게 맞군. 큭."

벨리알은 자신을 무시하는 리치를 바라보고 있다가 손을 휘둘렀다.

검은색 강한 바람이 리치가 있던 곳을 할퀴었지만 리치도 마법사다.

간단히 블링크로 피했다.

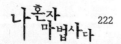

리치의 몸에는 단단하게 보이는 베리어가 시전되어 있었다.

하루는 손을 내렸다.

"지금 날 살리려 한 건가? 왜? 그것보다… 이건 앱솔루트… 9서클. 크크큭… 9서클. 9서클…….."

"너도 흥미로운 녀석이군. 피해?"

"나, 나도 모르게…….."

하루는 자신도 모르게 리치에게 9서클 마법인 앱솔루트 베리어를 걸었다.

그것을 보고는 리치가 웃었고, 벨리알은 블링크로 공격을 피한 리치를 보고 웃었다.

순식간에 웃음바다가 됐지만 살기는 여전했다.

"주인님…….."

"주인. 어떻게… 해야…….."

"9서클, 9서클인데 도망을 친 건가? 벨리알에게서?"

이 무슨 멍멍이 같은 소리인가 하루는 아무것도 모르겠다는 표정으로 리치를 쳐다봤다.

리치는 그런 하루를 보며 다시 한 번 웃었다.

"나는 이기지 못하지만 이하루, 자연계 마법사인 네놈은 이길 수 있지 않나?"

"자꾸 봐주면 안 되겠군. 그렇지?"

벨리알이 어두운 기운을 끌어 올렸다.

"너의 정신력이 높을까, 악마 벨리알의 정신력이 높을까. 시험 정도는 해도 되지 않나?"

이놈이 지금 무슨 말을 하는지 의문이 갔다.

벨리알, 자신의 이름을 이렇게 마음대로 부르면서 한가롭게 입을 나불거리고 있는 주옥민은 처음 봤다.

그건 그렇다고 치고, 엄청난 살기의 압박감이 있을 텐데 아무렇지 않아 보인다.

원래 감정이 없는 것이 지옥민의 특징이긴 하지만 두려운 것은 안다.

'제대로 된 지옥민도 아니고. 방금 그건 마법이지. 둘은 알고 있는 거고.'

"누구의 정신력이 높다니… 악마랑 한낱 인간인 나랑……."

벨리알이 흥미롭게 상황 정리를 하는 도중 하루는 완전히 멘탈이 붕괴되기 직전이었다.

리치는 뭔가 원하는 것 같았는데 무슨 의미인지 모르겠다.

'9서클, 9서클이라는 것에 웃었어…? 정신력은 또 무슨…….'

하루는 설마 하는 표정으로 리치를 바라봤다.

하루가 익힌 마법서, 라헤르라는 메르헨의 신이 줬다는 그 선물에 적혀 있던 마법들 중 9서클.

그중에서 위험 표시가 새겨져 있는 게 있었다.

리큐버리 마법과 파워 워드 킬이라는 마법, 이 두 가지였다.

하나는 죽기 직전, 좀 전에 숨이 넘어가 죽은 상태라면 죽은 자도 살릴 수 있다는 소생 마법이었고.

다른 하나는 자신보다 정신력이 낮은 상대라면 죽일 수 있는 절대 죽음 마법이었다.

'사용 후, 어떤 상태 이상이 될지 모른다. 죽음보다 더한 고통이 있을 수 있다.'

후유증.

리큐버리와 파워 워드 킬 마법에는 심한 제약이 걸려 있는 것이다.

사용하는 것은 자유나 그 후에 생기는 일에 대해서는 아무도 알지 못한다는 설명이었다.

그래서 마음대로 사용도 하지 않고 잊어버리고 있던 마법이었다.

"웃겨, 140년 정도인가? 이렇게 웃어 본 적이. 너희들은 연구를 해봐야겠어. 몇 백 년 동안은 아주 재미있겠구나."

"이하루. 지금이다."

"……."

리치의 갈라진 목소리가 하루를 불렀다.

사용을 한다면 어떤 일이 생길지도 모르고, 벨리알이 죽을 것이라는 보장도 없었다.

그렇지만 지금으로써는 방법이 더 이상 없었다.

이대로 벨리알을 따라간다면 어떤 실험을 당할지 모른다.

하루는 지팡이를 들어 올리고 벨리알을 바라봤다.

벨리알은 뭘 하든 간지러울 뿐이라는 표정이었다.

"파워 워드 킬―"

"딱 한 번 본 적이 있지. 메르헨에서 그 마법을. 정말이지… 막을 수 없는 마법이지."

리치는 말을 하며 벨리알을 쳐다보고 하루도 마찬가지로 벨리알의 반응을 확인했다.

지금까진 멀쩡하다.

마법을 사용하고 기다리는 것은 메테오 같은 마법을 쓸 때도 경험했기에 하루는 믿었다.

하루 일행들도 숨죽였다.

대화에 귀를 기울이고 있었기에 뭔가 하고 있다는 것을 알고 있었다.

"다른 악마들이 온다면 골치 아프니까. 이렇게 있지 말고 가지… 무슨 짓을 한 거지?"

벨리알이 두 손을 들어서 눈으로 직접 보며 물었다.

서서히 안쪽으로 손가락부터 말리면서 그 속도가 점차 빨라졌다.

"무슨, 무슨 짓을 한 거냐!!! 크아아아아!!"

고통스러운지 비명을 질러댔다.

천둥번개 소리보다도 더 큰 벨리알의 비명 소리가 고막을 찢을 것만 같았다.

하루는 벨리알에게서 눈을 떼지 않았다.

억지로 구겨지는 듯한 모습에서 이제 명치 쪽에 검은 구멍이 생겨났다.

실제로 구멍인지 아닌지는 모르지만 블랙홀처럼 한가운데를 중심으로 빨려 들어가는 모습이었다.

"…채령. 내가 잘못되면 유정…이도 부탁하고 나머지 내 친구들도. 너희들도. 잘 살아야 한다."

"주인님……?"

하루는 공포스러웠다.

4대 악마라는 존재 중 하나를 이렇게 한 마디 내뱉은 것만으로도 죽일 수가 있다.

후유증은 얼마나 대단한 것이길래 하는 생각이 들었다.

"크아아아아아악!!"

엄청난 소리를 듣다가 음소거를 누른 듯 조용해지며 완전히 벨리알이 사라졌다.

벨리알이 있던 곳에 아이템 하나가 툭 떨어졌다.

하루는 다가가서 그 아이템을 주웠다.

'아마도 전리품일 테지' 하며 인벤토리에 넣었다.

"이제 내가 못 이기겠군. 너한텐."

크롸롸롸롸―!

멀리서 검은 구름 같은 것이 몰려오는 것이 보였다.

리치가 쳐다보더니 씨―익 웃었다.

검은 구름의 정체는 악마인 것이다.

"또 엄마를 살리겠다고 여기 온 것이겠지. 다 부질없는 짓인 것을 모르나? 저 위의 영혼들을 따라 지옥궁에 간다 해도. 영혼들은 이리저리 흩어진다. 얼마나 넓은지 나조차도 알지 못하고, 웬만하면 소멸되거나 화폐가 되지, 영혼은. 보금자리가 엉망이 되겠어. 나름 괜찮았는데 말이야. 지옥도."

"아니야. 살려야 돼. 살리려고 여기까지 왔는데!"

"저 악마떼를 상대할 수 있다면 그렇게 해도 되고 말이야. 악마는 반신이다. 그런 존재가 저렇게 많이 달려오는데 과연… 할 수 있을까?"

"주인님……."

하루 일행은 전부 하루를 쳐다봤다.

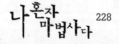

이곳에서 바로 나갈 수 있는 방법은 하루에게만 있으니 말이다.

"지금은 빠져나가는 게 좋을 텐데. 나중에 다시 오더라도 말이야."

"그래요. 주인님… 제발……."

채령이 눈물을 또르륵― 흘렸다.

상황이 더 악화되게 할 수도 없고 저 악마떼에게 처참히 학살을 당할 수도 없다.

하루는 메스 텔레포트를 사용했다.

목장으로 바로 이동을 한 것이었다.

지옥을 왔다 갔다 할 수가 있다.

한 번 가봤으니 말이다.

목장인 것을 확인한 하루 일행은 전부 주저앉았다.

아마 견디기 힘들었을 것이다.

숨이 턱턱 막히고 몸도 제대로 움직여지지 않았을 텐데 버렸다.

"젠장…! 못 살려? 그래, 이럴 줄 알았어. 쉬울 리가 없지."

이재영은 바닥을 내리치며 눈물을 흘렸다.

침울한 기운이 맴돌았다.

버려진 도시.

흑마법사 셋이 동시에 반응을 했다.

찾고 있던 것의 반응이 느껴진 것이다.

솔직히 이렇게 빨리 가지고 올지 몰랐다.

"역시 예상했던 대로야."

"빼앗으러 가기만 하면 되는 건가? 에반."

데이즈는 기분 좋은 표정을 하고 있었다.

그것만 손에 넣기만 한다면 신이 되는 것이다.

서로 같은 편으로 서 있기는 하지만 그 자리를 노리고 있다.

애초에 누가 되든 간에 각자 원하는 것을 들어주기로 했다.

지켜질지는 의문이지만 말이다.

"우리 했던 약속은 기억하지?"

"기억한다. 그 자리에 앉고서 들어주지 않을 이유가 없지. 마나의 맹세도 했고 말이야."

"카사딘, 웬일로 말이 많다? 훗."

이제 좋은 결과가 앞을 기다리고 있다는 소리를 들으니 흥분되는 것은 당연한 일이었다.

카사딘과 에반, 데이즈 모두 목장으로 갈 준비를 했다.

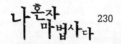

준비라고 할 것도 없었다.

마음의 준비만 하면 되니 말이다.

"에벰, 그 녀석도 오겠지. 신이라는 놈이……."

"시끄러워지겠지. 지구가 말이야."

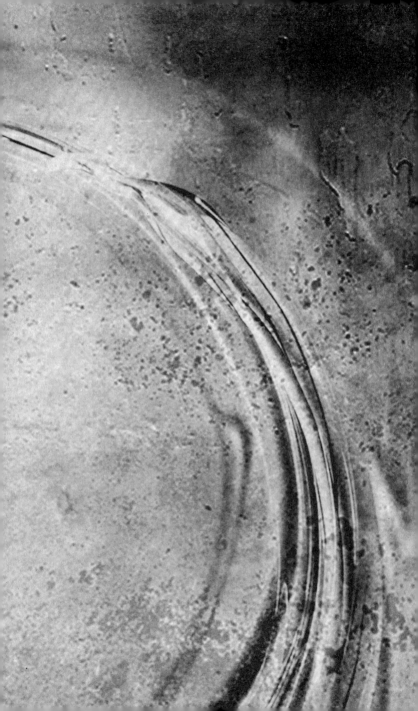

차원 전쟁

　지옥과 지금 하루가 있는 지구의 시간이 다르게 흘러가
는 것인가?

　하늘이 딱 누워서 보기 좋은 빛깔을 하고 있었다.

　왜 이런 생각이 드는 건지 모르겠지만 좋지 않은 생각
들이 들었다.

　항상 노을이 하늘을 수놓을 때면 좋지 않은 일이 생기
곤 했다.

　하루 일행은 다 같이 멍하니 휴식의 시간을 음미하고
있었다.

　"뭔 일이 생기려나. 파워 위드 킬. 후유증은……?"

"아무 일 없을 거예요. 주인님… 걱정하지 마세요. 네? 불안하단 말이에요."

채령이 하루의 팔뚝을 잡았다.

하루도 잔디가 깔려 있는 바닥에 엉덩이를 대고 앉았다.

긴장되어 있던 근육들이 이완되면서 축 늘어지고 싶었다.

"이하루. 앞으로… 어쩔 생각이지? 지옥… 그 해골 말대로라면, 리치 말대로라면 살릴 수 있는 가능성이 희박하다."

"…지켜봐야죠. 지옥으로 왔다 갔다 할 수 있으니까 좀 더 정확한 정보를 얻어야죠. 리치의 말을 전부 믿을 수는 없습니다. 제가 그때까지 멀쩡할 수 있다면야…….."

"이하루 님."

고개를 떨구고 한숨을 쉬는 동안 언제 왔는지 드워프인 로퍼가 앞에서 하루를 불렀다.

"괜찮으신 겁니까? 지옥에 갔다 오신다고…….."

"보다시피 무사…한 건가. 무사는 합니다."

"저, 혹시 다케르…는 얻으셨나요. 가지고 있으신 것 같아서요."

"…? 아! 부탁했던 거!! 거기서 워낙 빨리 와서 그런

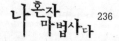

것은……."

하루는 인벤토리를 열었다.

그동안 쌓아놓은 여러 가지 잡동사니들이 눈에 들어왔
다.

그중에서도 좀 전에 벨리알에게서 나온 잡템이라 생각
하고 급히 인벤토리에 넣었던 아이템이 보였다.

옅은 푸른색을 띠고 있는데 인벤토리에서 집어 꺼내서
보니 조금 더 밝은 빛을 냈다.

다케르

???

내구도 : 무한

아이템 정보를 확인해보니 물음표투성이였다.

유일하게 나와 있는 것은 내구도가 무한이라는 내용
뿐.

"네! 그겁니다. 저에게……."

"잠시만. 이 어설픈 드워프는 또 뭐야?"

갑자기 검은 망토를 입고 있는 세 명의 흑마법사가 나
타났다.

에반, 카사딘, 데이즈였는데 셋 다 눈에서 광채를 내고
있었다.

하루는 갑자기 왜 나타난 것이지 생각하며 본능적으로 다케르를 꽉 움켜쥐었다.

"그거, 손에 들고 있는 걸 내놓으면 아무 일 없을 거다."

"마법사. 우리 셋 중 누구한테나 줘도 돼. 안심하고. 응?"

좋게 좋게 웃는 표정으로 셋은 손을 뻗었다.

도대체 이게 무슨 물건이길래 이렇게 갖고 싶어서 안달이지 했다.

그러고 보니 어떻게 알고 왔고, 지금 하루를 보고 있는 로퍼의 시선은 다케르에만 집중되어 있다.

이렇게나 어두운 기운을 뿜고 있는 흑마법사를 뒤로한 채 말이다.

"이게… 뭐지? 제대로 말해."

"알거 없다. 그냥 주기만 하면 다 해결이 된다 하지 않냐."

"이하루 님. 저에게 주세요. 전설 속의 광석……."

에반은 안 되겠다고 말을 하면서 지팡이를 들어 올렸다.

여차하면 공격을 퍼부을 기세였다.

하루는 뒷걸음질을 쳤다.

하루 일행들도 모두 함부로 움직일 수가 없었다.

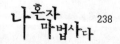

이들은 흑마법사들이다.

공격 하나 하나가 심각한 수준이었다.

"죽이고 빼앗을 수밖에 없겠군."

하루도 지팡이를 들었다.

9서클, 절대 마법이 있는 이상 무서울 것은 없다.

비슷한 실력일지 아닐지 그건 대봐야 한다.

단지 신경이 쓰이는 것은 일행들이었다.

흑마법사와 싸우면서 하루가 지켜줄 수가 없다.

제일 좋은 방법은 말로 해결을 하는 것이지만, 이들은 그럴 생각이 별로 없는 듯 보였다.

뭔가에 쫓기고 있는 듯이 보였다.

털썩.

간절한 얼굴을 하고 있던 로퍼가 쓰러졌다.

아직 흑마법사들이 아무런 짓도 하지 않았는데 말이다.

"하늘!"

"저게 뭐… 뭐야?"

갑자기 쏟아지는 빛에 인상을 쓰면서 하늘을 쳐다봤다.

하늘엔 커다란 구멍이 나 있고 그 안에서 빛이 나오고 있었다.

그리고 서서히 그림자가 생기더니 곧 무엇인가가 내려

왔다.

"천, 천사?"

총 여덟의 생명체가 모습을 드러냈다.

일곱의 생명체는 우리가 말하는 천사, 그리고 가운데에 있는 생명체는 하루도 기억하는 모습이었다.

"시… 신?"

"아, 여기까지 내려오셨어? 에벰."

에반이 먼저 들어 올렸던 지팡이를 내리고는 에벰을 쳐다봤다.

나머지도 마찬가지였다.

집중을 할 수밖에 없는 아우라였다.

"이하루 씨. 안녕하세요."

에벰의 말에 하루는 고개를 끄덕였다.

에벰의 주변을 지키듯 있는 7명의 천사는 그들이 맞을 것이다.

흑마법사들과 눈싸움을 하고 있는 모습을 보니 뭔가 앙숙을 제대로 만났다는 기분을 들게 했다.

"7천사라… 천사라고 할 수도 없지 않나. 신에게 속고 있는 녀석들이 말이야."

"카사딘이었나? 음침하군. 전부 다 말이야."

잘 알려져 있는 천사들 중 유명한 천사는 4명.

미카엘과 가브리엘, 라파엘과 우리엘.

그리고 나머지 세 명은 잘 알려지지 않지만 실력만큼은 출중하다.

카마엘, 요피엘, 자드키엘까지 합쳐서 천사를 대표하는 7대 천사들이었다.

6장의 날개를 펄럭이며 날고 있는 것을 보면 황홀하기 짝이 없었다.

"그만하시죠. 싸우러 온 것이 아닙니다. 이하루 씨, 그 물건을 저에게 주시겠어요?"

"…이게 도대체 뭐죠? 뭐길래 다들 가지려고 혈안이 되어 있는지. 이건 지옥의 벨리알에게서 나온 전리품일 뿐인데요."

"원래 저의 물건인데 잊어버렸던 것뿐입니다."

에벰은 웃으며 하루에게 손을 뻗어왔다.

그러나 그것을 가만히 보고 있을 흑마법사들이 아니었다.

데이즈가 호호호 웃으면서 에벰 쪽으로 암흑 구체를 날렸다.

간단히 손을 저으며 그 공격을 무마시키는 에벰이었고, 7대 천사들은 각자 허리춤에 꽂혀 있던 검을 뽑았다.

"건방지군. 지금 이 차원의 신을 공격해? 역시 어두운 악취가 풍겨서 빨리 치워버리고 싶은데 말이야."

우리엘이 기분 나쁜 표정으로 손에 불을 화륵 내뿜었다.

우리엘은 하늘에 있는 모든 빛나는 것(태양, 달, 별)을 관장하는 천사다.

이 때문에 펼친 손안에 불꽃을 가진 모습이 그려져서 알려져 있다.

성격은 보는 별로 좋지가 않다.

악행이라 생각되면 불같이 화를 내고 처리를 하려는 성격이다.

'신도 이걸 원하고 있다. 뭐지? 그렇게 중요한 건가?'

흑마법사가 예전에 말한 말이 기억도 난다.

신을 너무 믿지 말라는 것 말이다.

알고 있기로는 선한 존재가 신과 천사인데 믿지 말라면 어떻게 하라는 것이지, 그렇다고 자신들을 믿으라고는 하지 않았다.

악 쪽에 서 있는 흑마법사들이니 말이다.

"7대 천사님들이 저들, 흑마법사 분들을 없애주시면 좋겠네요. 악한 자들입니다."

"네. 기다리던 말이었습니다. 여기 있는 인간들에게는 해가 가지 않도록 하겠습니다."

"드디어 본성을 드러내는군. 천사라는 놈들이 이렇게 전투를 좋아하는지 원래는 몰랐었는데 말이야. 신에 가

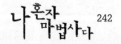

까워져 보니까 알게 되었네."

선과 악의 기운이 한데서 충돌을 하고 있었다.

기운만으로도 여러 가지 알림음이 귓가로 쏙쏙 들어왔다.

제대로 들을 수가 없지만 능력치가 쭉쭉 낮아지는 것 같았다.

"제 물건 좀 돌려주시겠습니까. 이하루 씨?"

"어이, 꼬맹이. 내 말 잘 들어. 그건 신이라는 것의 기능을 할 수 있게 하는 물건이다. 넘기면 모두 소멸해. 왜? 너희를 남길 이유가 없거든."

에반이 픽— 웃으며 하루에게 말을 했다.

옆에서 카사딘과 데이즈가 왜 알려 주냐고 뭐라 했지만 에벰이 가져가는 것보다는 좋다고 에반이 말하니 고개를 끄덕였다.

에벰의 얼굴이 살짝 구겨지는 듯 보였다.

하루는 에벰에 대한 의심의 눈초리를 걷을 수가 없었다.

"저런 나쁜 악의 말은 듣지 마세요. 제가 선입니다. 선."

"몰라… 그냥 가. 악이든 선이든… 무슨 상관이지? 이까짓 것, 없어도 신이라면 창조해낼 수 있는 물건이 아닌가?"

에벰은 숙였던 허리를 일으켜 세웠다.

그리고 하루를 내려다봤다.

다른 방도를 찾아보려 생각하는 것 같았다.

그사이, 하루는 7대 천사와 대치를 하고 있는 에반에게 물었다.

"왜 이런 게 지옥에 있는 거죠?"

"신 위에 신이 있지. 숨겨 놓은 거다."

"…왜?"

그 흔한 생각이라는 것도 거치지 않고 하루는 바로 되물었다.

에벰의 얼굴이 굳어지는 것이 보이면서 하루에게 손을 뻗었다.

빠른 행동이지만 그 행동이 느리게 보였다.

천사들도 흑마법사 셋을 공격하기 위해 검을 치켜세우고 각자의 능력을 발휘하려는데 귓가에 목소리가 선명하게 들렸다.

"신을 교체하기 위해서지."

주변 소음들이 사라졌다.

메아리처럼 '신을 교체, 신을 교체, 신을 교체…'만 들려왔다.

모두가 멈추고, 사라졌다.

광활한 목장에 하루 혼자만이 남아 있는 것이다.

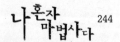

다케르를 쳐다보고 손을 움직여 봤다.

시간을 정지시키는 능력을 지닌 이재영의 짓도 아니었다.

"이게 무슨……."

"멍청했지. 에벰은 말이야. 신으로서 자격이 없다. 인간들 말로 표현하자면 밥그릇을 챙기지 못한다고 해야하나?"

허공에서 목소리가 울렸다.

아무 이유 없이 눈까지 울렸다.

눈물이 뚝뚝 떨어졌다.

슬프거나 그런 감정은 없었다.

이게 무슨 일인가 어리둥절할 뿐이었다.

"다케르, 그건 차원 컨트롤러지. 원래 에벰이 가지고 있어야 하는데 잃어버렸어. 아무것도 이 세상, 지구에 하려고 하지 않았지. 그도 원래 인간이었고 우연히 주은거야. 다케르를. 내 마음이 내킬 때마다 다케르를 어딘가 숨기고 찾는 생명체에게 차원의 관리를 맡게 하지."

하루는 자세히 듣는 반면에 이 목소리의 주인이 누군지 생각했다.

'신 위에 신…….'

"그래. 신 위에 신. 에벰은 그저 차원 관리자지. 내가 진짜 그 신이라는 인물이고 말이야. 어쨌든, 나는 그쪽에게 차원 관리자 자리를 주고 싶은데."

'진짜 신'은 쉴 새 없이 말을 걸어왔다.

잠시 생각을 할 틈도 없었다.

"아아, 조건이 있어야겠지. 많은 사람들이 죽기 전 시간으로 되돌려 주지. 물론 지금까지의 기억은 없고… 이 하루, 그쪽은 기억이 있는 상태고. 인간으로 삶을 살 수도 있다."

이 진짜 신이 말하는 것을 들어보면 엄청난 일이다.

죽기 전 시간으로 되돌려 준다는 말은 게임화가 되기 직전의 상황으로 되돌려준다는 것이다.

정말 되기만 한다면 대박인 것이다.

많은 자들과 헤어져야 한다는 것이 걸리긴 하지만 말이다.

"근데 나도 조건이 있겠지? 모든 걸 이뤄주면, 아 그 전에. 차원이란 건 되돌릴 수가 없어. 인간들의 물건처럼 A/S가 되는 게 아니거든. 그러니까 메르헨과의 동화로 인해서 붕괴되려는 지구를 살려야 한다 그런 말이지."

"방법, 방법은요……?"

이미 하루는 허락을 한 것과 다름이 없다.

거절할 생각은 하지 않았다.

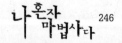

진짜 신의 말이라서 따르는 것이 아니라, 소중한 사람들이 살아난다는 것이다.

 다시 행복하게 만들어 나갈 수 있다는 뜻이었다.

 하루가 방법을 찾자, 목장에 흐릿한 연기가 나타나기 시작했다.

 사람 형태를 띠고 있지만 제대로 된 모습은 보이지 않았다.

 마치 아지랑이 같은 느낌이었다.

 "5개의 차원. 그중 승리하는 하나의 차원만 살아남는다. 지금 지급되어 있는 능력만 가지고 이겨야 한다. 10일 후. 싸움은 시작된다."

 진짜 신의 말이 끝나고 나서, 세상은 바뀌어 갔다.

 원래대로 자리를 찾아갔다.

 파노라마처럼 하루의 앞에서 그 모습, 그 광경이 보였다.

 본래의 자리를 찾아가는 하루의 집도 보였다.

 그리워하던 엄마의 얼굴도 보인다.

 그렇게 살리고 싶었고 하고 싶었던 말들도 많았는데 만날 수가 있다.

산뜻한 봄 날씨로도 변했다.

옷매무새를 다듬고 하루는 집 문을 두들겼다.

목장에 있는 집이 아니다.

지금은 있다고도 할 수 없겠지만 말이다.

"어~ 하루? 열쇠 없어? 가지고 다니라니까."

"엄…마."

울컥, 눈물이 나와 버렸다.

문이 열림과 동시에 하루는 앞치마를 입고 한 손에는 국자를 들고 있는 엄마를 꽉 안아버렸다.

한 번도 이렇게 안아본 적이 없다.

나쁜 아들이었다.

"무슨 일이야? 징그러, 안 떨어져~?"

"엄마, 사랑해. 사랑해……."

"이그, 밥이나 먹어. 상에 있으니까."

부끄러운지 엄마는 볼에 오른 열을 손으로 재면서 가스레인지 앞으로 갔다.

짙은 된장국 냄새가 풍겨져 온다.

순식간에 이렇게 세상이 바뀌어버릴 수가 있구나, 시간이란 것은 정말로 무섭다.

고소한 냄새를 맡으니 더욱 살고 싶고, 모두를 살리고 싶다.

10일이라는 시간이 남아 있다.

어떻게 싸우게 될지, 누구랑 싸우게 될지 모르지만 진다면 이 전 세계, 지구에 있는, 지구는 그냥 소멸되고야만다.

'채령… 말랑아, 가으하네…….'

세상 어딘가에 있을 것이다.

영혼으로든 그 모습 그대로든 말이다.

제일 안타깝다.

원래대로라면 채령은 영혼 상태이며 몸에는 원래 있던 지영의 영혼이 들어가 있겠지.

하루는 숟가락으로 밥 한 숟가락을 입에 넣었다.

'아선 아저씨. 아저씨도 지금은 살아 있을 거야. 가장으로.'

함께했던 수많은 사람들은 이제 하루를 기억하지 못한다.

하루는 눈물 섞인 밥을 목으로 넘기고, 또 넘겼다.

아직 울 때가 아니다.

원래대로 모든 것이 돌아왔다고 좋은 것이 아니다.

"하루야. 왜 그래, 정말 무슨 일 있었어? 응?"

엄마가 하루의 몸을 흔들었다.

행동에서 사랑이 느껴진다.

따듯한 사랑이 말이다.

"나… 나 잊혀도. 내가, 내가 기억하고 있으면 되는 거지. 그치? 그치, 엄마……."

"아이구, 졸업한 지 얼마나 됐다고. 친구들이 널 잊을까봐 그래? 울지 마. 울지 마. 너같이 못생긴 애를 누가 잊겠어. 안 그래?"

"그래… 그래. 내가 기억하면 되니까."

산들바람이 부는데도 불구하고, 공사장에 내리쬐는 햇빛에 땀을 흘리는 40대 아저씨들의 모습이 보인다.

"이아선 씨, 여기 이것 좀 해결해봐."

"네~ 갑니다."

아선은 달려가서 벽돌들을 날라 놓고 그 아래 있던 전선들을 만졌다.

공사장에서는 나름 해결사라고 불린다.

잠시 쉬는 시간.

건물의 기초를 다져놔야 하는 날짜가 얼마 남지 않아서 쉴 시간이 별로 없다.

정말 최소한의 휴식만 취하는 것이다.

남들은 힘들어서 낑낑 신음 소리를 흘리며 땀을 닦고 있지만, 아선의 얼굴은 환하다.

핸드폰 메인 화면으로 해놓은 딸, 이선혜의 얼굴을 보

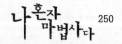

고 방긋 방긋 웃고 있는 것이다.

"아선 씨, 딸이 그렇게 예뻐?"

"그럼~ 누구 딸인데, 예뻐야지. 볼 텨?"

"이거 배 아파서 살겠나. 남자 여럿 울리게 생겼구만, 남자 친구는 있어? 뭐, 있어도 알려주지 않을 것 같은데. 아빠가 딸바보라서 말이야."

"그, 그런가? 아니야. 남자 친구 생긴다면 꼭 나 먼저 보여준다고 했는데. 아니! 남자 친구가 생기면 안 되지. 나정도 능력 되는 사람을 만나야 할 텐데."

아선의 말에 주변 동료들이 웃었다.

유쾌하고 바보, 공사장 일이 힘들어도 가족만 생각하는 그런 가장이 원래 아선의 모습이었다.

"다들 더우시죠. 비가 오면… 쉴 수 있겠죠."

"누구야? 학생, 이런데 함부로 들어오면 다칠 수도 있어. 위험한 게 얼마나 많은데."

"비가 오겠나… 이 날씨에. 하~ 아이구 허리야. 파스나 붙이고 일이나 시작해야지."

하루는 휴대폰을 들여다보고 있는 아선의 옆에 앉았다.

거의 잊어버릴 뻔한 얼굴이 옆에 있다.

휴대폰을 슬쩍 보니 아선의 따님 모습이 있다.

"어이, 일 시작하자고~"

"갑니다. 학생, 여기 있지 마. 다칠 수 있어, 저 아저씨들 말 들어."

"네, 그래야죠. 아저씨. 오늘 맛난 거 사서 가족분들이랑 드세요."

"그게 무슨… 아, 비!"

하루는 웃으며 마법을 시전했다.

옷이 젖어가고 있지만 하루는 상관하지 않았다.

오랜만에 이렇게라도 만나니 기쁘다.

아선은 머리를 가리고 자그마한 사무실 안으로 들어간다.

뒤돌아서 하루를 보고 고개를 갸웃거리지만 조금 모자란 놈인가 하면서 지나친다.

"아~ 시원하다. 마법이 편하긴 하네. 이걸로 돈도 벌어야지. 모아둔 게 다 없어졌으니 말이야."

하루는 비를 맞으며 대형 몬스터들을 잡아서 모은 돈을 생각했다.

아쉽긴 아쉬웠지만 좋은 게 좋은 것이다.

더 값진 것을 얻었으니 말이다.

전에 용돈을 모아뒀었는데 이게 이렇게 쓰일지는 몰랐다.

이런 거라도 해주고 싶었다.

아선의 주머니에 몰래 4만 원을 꽂아두었다.

지켜주겠다고 약속을 했었는데 어디 가서도 찾지를 못했다.

이번에는 그저 아선이 가족을 챙기며 잘 살았으면 좋겠다.

'가끔 찾아올게요.'

하루는 또 어디론가 이동을 했다.

처음 집을 나와서 만났던 그 사람이 있는 곳이다.

처음 자신을 만났을 때 쫙 빼입은 남자 친구를 미행하고 있었다고 했다.

게임화가 된 지 얼마 지나지 않아서 그랬다고 했으니 무슨 일이 있었는지는 지금쯤 알 수 있을 것이다.

'지영⋯⋯.'

사람들이 데이트 코스로 많이 애용하고, 하루에게 추억이라면 추억이 담긴 곳에 지영이 있었다.

호수공원의 모습은 사랑이 넘쳐나서 온갖 핑크빛이었다.

한두 번 와본 하루로서는 너무나도 부러운 풍경이었다.

지영은 잘생긴 한 남자 친구의 팔짱을 끼고 한가롭게 솜사탕을 먹고 있다.

이렇게나 잘 지냈는데 왜 그런 일이 있었는지 모르겠다.

"남자 쪽도… 하트가 넘쳐나는데."

솜사탕을 먹다가 목이 멘 지영이 음료수를 사겠다며 길거리 음료수 장사꾼에게 달려갔다.

사람들 줄이 조금 있어서 시간이 걸릴 것 같았다.

지영의 남자 친구가 울리는 전화를 받았다.

"왜, 또. 아— 고백할 거라고. 저런 귀여운 여자, 누가 채가면 어떡하냐. 헌신적인 여자가 어디 한둘인 줄 아냐."

—이 자식, 도와달라면서 연락이 없냐? 우리 연습도 안 도와주고?

"치맥 쏜다니까. 공개 청혼, 꼭 연습 잘해라. 너희들의 춤 솜씨에 따라서 치느님의 수가 늘어난다."

—녹음해뒀다. 무르기 없기다.

웃으면서 남자는 전화를 끊었다.

옆에서 좀 떨어진 곳에서 대화를 엿들은 하루는 혼자 키득 키득 웃었다.

정말 제대로 오해를 하고 있었구나 했다.

지영이 환타 두 개를 사와서 하나를 남자 친구에게 건네고 다시 아름다운 호수 옆길을 걷는다.

"노래하는 분수대 보러 갈까!?"

"그래, 그래. 근데 시간이 아직 많이 남았는데. 돗자리 하나 사서 누워 있을까?"

"웅! 웅!"

'헤헤' 하고 지영이 웃었다.

하루는 왠지 모르게 마음 한구석이 무거워졌지만 보내줘야 한다.

차원 관리자.

그것이 정식으로 되고 차원을 구하게 되면 가끔 찾아와서 잘 사나 안 사나 확인하고 남자가 못살게 굴면 좀 혼내줘야겠다 생각을 했다.

'채령이… 잘 있으려나. 채령…….'

오래되어서 얼굴은 잘 기억나지 않는다.

채령은 지영의 몸에 들어가서 활동을 했었으니 말이다.

인사도 하지 못하고 이렇게 헤어졌으니 마음이 무겁고 답답할 수밖에 없다.

어딘가에 있다면 꼭 다시 한 번이라도 만나고 싶었다.

"저기요. 예쁜 여자분."

"뭐야, 누구세요? 제 여자 친구한테 뭐 볼일 있습니까?"

지영의 남자 친구는 방어적으로 지영을 감쌌다.

왠지 질투가 나긴 했지만 하루는 씩— 그냥 웃었다.

'추억 하나쯤 만들어주면 좋겠지. 기억에 조금이라도 오랫동안 담겨 있다면… 좋겠네.'

하루는 허공을 가리키며 말했다.

"남자 친구분이 준비하셨대요. 부디 행복하세요. 지영……."

하늘은 하루의 마법에 의해 아름다운 장관이 연출되었다.

커다랗게 '사랑한다. 지영아'라고 멘트까지 써 있었다.

지영은 하루를 볼 새도 없이 눈물을 흘리며 남자 친구에게 안겼다.

남자 친구는 이게 무슨 일인가 어리둥절하며 하루가 있는 쪽을 쳐다봤지만 하루는 이미 없다.

"아! 오준영. 괴롭힘… 당하고 있을 텐데."

이제 지영은 별로 신경 쓰지 않아도 되겠지 하며 인비저블 상태를 하고 나서 텔레포트를 썼다.

"그만해. 동생이 너희 같은 양아치들은 싫다고 하지 않나."

"어쭈, 아주 기어올라? 내 말이 장난같이 들리냐. 맞고 싶어서 환장을 했네."

"어제도 맞지 않았나? 멍들 때 맞으면 더 아픈데. 괜찮겠어요? 예~? 형님?"

역시나 예상대로였다.

똑같은 골목길에서 괴롭힘을 당하고 있는 오준영이었다.

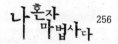

역시나 게임화가 되어 있지 않아서 오준영의 몸은 허약했다.

하지만 눈빛은 살아 있다.

눈에 잘 띄지 않는 팔뚝 부분을 때리는 세 양아치였지만 하루는 가만히 지켜봤다.

예전처럼 귀신 흉내를 내주기엔 너무 유치하다.

쉴더로 활약을 하던 오준영을 이대로 살게 내버려 둘 수도 없고 말이다.

"어쩔 수 없지. 지속 시간이 끝나면 그때마다 걸어줘야겠네. 스트랭스─ 헤이스트─"

힘과 민첩성을 올려주는 마법이다.

일반인에게 이런 특혜를 주는 것이 좀 걸리긴 하지만 원래 착한 사람이니 악하게 힘을 쓰지는 않을 것이다.

"아, 하지 마!"

쿵!

팔뚝을 맞는 것이 아팠는지 오준영이 양아치를 툭 밀쳐 버렸다.

그대로 벽으로 날아가는 양아치의 모습이 보였다.

하루는 알아서 하게 내버려 두고 자리를 벗어났다.

이것만으로도 충분할 것이다.

"여보…세요?"

나머지 시간은 친구들과 보낼 예정이다.

차원 전쟁이라는 것이 시작될 때까지 얼마 남지 않았다.

일단, 유정이를 만나야 할 것 같았다.

—어, 하루야? 뭐야. 나 벌써 보고 싶냐? 애들도 같이 있냐?

"아니. 나 혼자야. 넌 어디야?"

여기저기 돌아다니다가 보니까 어느새 날이 어두워졌다.

가로등들도 하나둘 불을 켰다.

이런 시간이 되면 다 같이 잘 모여서 놀고 그랬는데 말이다.

—나? 집 가고 있는데. 화장 지우기 전에 불러. 만날 거면.

"나 할 말 있어."

하루는 바로 유정이 있는 곳을 느꼈다.

그리고 바로 이동을 했다.

지금도 같은 마음일지도 모르겠지만 하루는 마음먹은 것이 있다.

비록 채령과 잠자리를 했지만 마음에는 유정에게 미안한 것이 한가득이었다.

가로등 불빛이 비추지 않은 좀 어두운 곳에서 갑자기 튀어나온 하루를 본 유정은 깜짝 놀랐다.

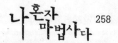

"뭐, 뭐야! 깜짝이야. 여긴 무슨 일이냐. 우리 집이랑 반대지 않아?"

"할 말이 있어. 유정아."

하루는 유정의 손을 덥석 잡았다.

원래 하루의 성격대로라면 순진해서 이런 짓을 하지도 못했을 텐데 성격이 많이 바뀌었다.

바뀔 수밖에 없는 환경이기도 했지만 말이다.

유정은 갑자기 이상한 행동을 하는 하루의 모습에 눈이 토끼처럼 커다래졌다.

"사랑해. 정말… 사랑해."

"야, 갑자기 그게 무슨 말이야. 좋아해, 사귀자도 아니고. 참나… 이거 몰래카메라 아니야? 하여튼, 장난은 엄청 좋아해가지… 읍."

켜진 가로등 벽면에 유정을 밀쳐놓고 기습적으로 입술을 포갰다.

촉촉한 입술의 느낌이 전해져 온다.

유정이 벗어나려고 손을 하루의 가슴에 대고 밀었지만 그것도 잠시였다.

유정의 심장이 뛰는 소리가 들려오고, 유정의 손은 하루의 허리를 감싸 안았다.

"하루야……."

"응, 그래. 말해. 듣고 있어."

몇 분이 지나고 떨어진 하루와 유정은 소소한 미소가 지어졌다.

유정의 얼굴은 붉게 달아올라서 무척이나 귀여웠다.

"너… 상남자였구나."

"그래, 내일 애들 다 같이 만나자."

하루는 싱긋 웃으며 유정의 머릿결을 넘기고 머리를 쓰다듬었다.

유정은 고양이처럼 기분 좋다는 소리를 살짝살짝 내면서도 부끄러워했다.

하루의 친구, 이렇게 다시 전부 다 만나니 감회가 새로웠다.

만나자마자 하루와 유정이 중대한 발표를 하는 바람에 충격의 도가니로 잠시 탈바꿈이 되었다.

"…정말. 둘, 둘이 그렇게 됐다…는 거냐 지금?"

"와! 솔로 천국 만세다!! 따돌려야 돼. 얘네는 배신자다. 솔로 클럽을 탈퇴하다니!!"

창수와 태호가 놀리듯 소리쳤다.

강익이와 희찬이는 아직도 입을 벌리고 이 놀라운 상황을 믿지 못하고 있었다.

"하루, 하루가…! 솔로 클럽 회장 자리를 노리고 있던 놈이… 야, 니가 꼬셨지. 엉?"

"아니거든. 하루가 먼저 고백했거든. 조용히 좀 해, 정신 사나워."

"아… 이렇게 가나요."

이놈들은 지들의 방식대로 축하를 해주고 있는 것이다.

하루가 먼저 고백했다는 것에서 또다시 충격을 먹은 것이다.

순진하기 짝이 없던 하루였기에 이러한 반응이 나오는 것이었다.

그때도 커피숍에서 이렇게 만났었는데 정말 새로운 기분이고 친구들을 만나니 기분이 좋아졌다.

"역시, 그 속담이 맞았어. 얌전한 고양이가… 그 뭐냐, 솥? 위에 먼저 올라간다는 속담."

"왜케 멍청하냐. 부뚜막이다. 부뚜막. 그러니까 니가 여친이 없지."

"너는! 그렇게 따지고 드니까 여친이 없는 거다!"

태호와 희찬이가 서로 디스를 했다.

하루와 유정은 슬금슬금 손을 잡았다.

꽁냥꽁냥 하는 것이 원래 더 설레는 법이다.

얼마나 긴 싸움이 될지 모르는 전쟁을 앞두고 이런 생

활을 쭉 즐기고 싶었다.

언제 다시 이런 생활을 하게 될지 모르니까 말이다.

처음 '진짜 신'에게 제안을 받았을 때부터 10일.

그 뒤로 전쟁이 시작된다고 했지만 그 전쟁에 관해서는 말을 해주지 않는다.

'지금 이 생활을 계속 지키고 싶으면… 내가 먼저 지구, 차원을 지켜야 돼. 이겨야 돼.'

기다리던 그 날짜가 되었다.

오지 않았으면 좋았을 것을…….

마음의 준비를 하고 엄마와 친구, 유정이에게 사랑한다는 말을 진지하게 미리 해두었다.

나쁜 생각을 하기는 싫지만 미리 이렇게라도 혼자 인사를 해두는 것도 그리 나쁘지 않은 것은 아니다.

"준비가 되어 있는 것 같군. 해보고 싶은 것은 다 해봤나?"

"아니요. 아직은… 다 안 해봤죠. 다시 와서 할 거니까."

유정이와 결혼도 해야 하고, 애도 한 번쯤 나아서 엄마 기쁘게 해야 하고 채령의 무덤도 찾아가 봐야 한다.

그 외에도 유한정과 조준호, 이재영의 얼굴도 한 번 보고 싶다.

어찌 되었던 간에 함께했던 사람들이니 말이다.

"룰은 전에 말한 그대로다. 가지고 있는 자신의 능력을 가지고, 이기면 된다. 한 공간 안에는 같은 상황의 생명체가 다섯 있다."

주변이 서서히 지워졌다.

하얀색으로 변하고 바닥은 약간 회색빛이 돌았다.

지금 내 정신은 말짱하다.

정신을 차릴 수밖에 없다.

많은 전투를 치렀는데… 그중 배운 것이, 잠시 한눈이 나 팔거나 딴 생각을 한다면 당할 수 있다.

"죽이거나, 재기 불능이 된다면 이 싸움… 아니, 차원을 지키기 위한 차원 전쟁에서 이긴다."

떨어져 있는 생명체들이 한눈에 보였다.

정상적인 인간으로 보이는 사람이 나를 포함해서 하나, 나머지는 흔히 부르는 몬스터 같았다.

많이 강할 것 같은 모습이 눈에 띄었는데 기죽지 않으려고 애를 썼다.

"차원 전쟁을 시작한다."

시간이 얼마나 지났는지 모르겠다.

며칠?

몇 주?

많은… 많은 시간이 지난 것 같은데, 나만 지친 것인가?

이렇게나 마법을 난사했는데도 죽지 않는다.

서로 같은 상황이겠지만 정신이 뭔가 침체되는 것 같았다.

안 되는데, 살아야 하는데… 이렇게 끝낼 수는 없다.

"살… 살아야 한다! 소중한 사람이 있다!"

"으아아!! 죽어, 좀 죽어!"

전부 간절한 감정이 느껴진다.

다 똑같은 말을 듣고, 똑같은 시간을 보내고 지금 이곳에 있는 것이겠지.

―파워 워드 킬, 후유증이 발동됩니다. 거부할 수 없습니다.

"하…….."

사방에 마법을 날리던 나는 행동을 멈췄다.

그나마 이곳에서 귀찮고 까다로운 존재가 나였다.

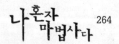

그런데 잠잠했던 이 후유증이라는 것이 찾아왔다.

　포기해야 하나, 지금 행복한 시간을 보내고 있을 사람들이 하나둘 생각이 난다.

　─생명 반응이 있는 주변 모든 생명체를 절대적으로 사망에 이르게 합니다.

　푸오아아아─

　검은 연기가 흰색의 넓은 이 전쟁터를 꽉 채운다.

　이게 그 후유증인 건가? 후유증?

　"크하하하하하!"

　생명을 죽이는데 이렇게 좋은 웃음이 나올 리 없다.

　감격스럽다.

　이들에게 생명을 빼앗음으로써 소중한 사람들을 지킬 수 있다.

　그렇다면 이들의 소중한 사람들은?

　알 바가 아니다.

　인간은 원래 이기적이다.

　인간은 원래 주변 사람이 아니면 상관없다.

　인간은 원래 이런 존재, 밟고 올라서야 비로소 웃음 짓는다.

　탁월한 타이밍이다.

이런 천운을 얻을 수 있어서 다행이다.

이제 따듯한 집에 들어가서 따듯한 밥을 먹으며 따듯한 시간들을 보내며 지내면 된다.

피—익.

다섯 명이 쓰러지고 나서 혼자 서 있다.

힘이 쭉 빠진다.

쉬고 싶은 생각이 간절하다.

바닥에 벌러덩 누워버렸다.

손에 뭔가가 잡힌다.

차원 컨트롤러, 다케르가 손에 쥐어져 있다.

차원을 지켰으니 이딴 것은 필요 없다.

우리만 잘 살면 된다.

우리만.

이제 내가 차원을 관리하는 관리자이니까.

하루는 피곤함을 느끼며 그대로 잠들었다.

다케르가 뒹굴뒹굴 굴러간다.

이 하얀색 방의 모서리 끝에 도착했을 때, 주먹 하나 들어갈 수 있을 만한 구멍이 생겼다.

다케르는 그 구멍으로 떨어졌다.

하루에게는 좋은 결과이기는 하다.

후에 어떤 문제가 생길지는 모르지만 지금의 상황에 만

족을 할 것이다.

흐릿한 형체가 잠들어 있는 하루의 머리 옆에 나타났다.

"…왜 자기 자신 일만 잘되면 좋은 것이라 생각하는 것이지? 결국 다 같이 사는 세상인데 말이야."

〈나 혼자 마법사다 완결〉

어울림 B O O K S
신인 작가 대모집!

무한한 상상력과 뜨거운 열정을 가진 작가 여러분을 기다리고 있습니다.
창작에 대한 열의가 위대한 작품으로 꽃피울 수 있도록 저희 어울림 출판사가
여러분의 힘이 돼드리겠습니다.

지금 도전하십시오!

분야 : 현대 판타지, 퓨전 판타지, 팜므 판타지, 무협 등 장르문학

대상 : 열정을 가진 모든 작가

기한 : 수시

접수 방법 : 이메일 접수 또는 당사 홈페이지 원고투고란을 이용해
　　　　　주십시오.

접수 파일 작성 방법 :

▷ 작품 접수 시 '저자명_작품명.hwp'(한글 파일)로 통일
▷ 파일 안에 포함되어야 할 내용
　 - 성명(필명인 경우 실명), 연락처, 이메일 주소, 집필 의도
　 - 현재 연재하고 계신 분은 연재사이트와 아이디, 제목
　 - 전체 줄거리, 등장인물 소개(A4 용지 5매 이내)
　 - 본문(13~15만 자 이내)

채택된 작품은 정식 계약을 통해 출판물로 간행됩니다.
간행된 출판물은 당사의 유통망을 이용하여 전국 서점으로 배포됩니다.
※ 문의 사항은 **당사 홈페이지**(www.oulim.com)을 이용하시기 바랍니다.

서울시 마포구 서교동 395-64 회산빌딩 302호 / 어울림 출판사 신인 작가 담당자
전화 02) 337-0120 / **E-mail** flysoo35@nate.com

원소의 절대자

도란 퓨전판타지 장편소설

'귀신의 아들!'

세상은 그를 두려워했다.
그리고 멸시했다.

"네 어미가 목숨을 버리면서 살린 자식이다."

무녀인 어미의 마지막 선물.
그것을 깨닫는 순간 삼라만상을 알게 되고,
가슴에 쓰라린 후회와 맹세를 새긴 채……
삼라만상을 다스리는
절대자의 행보가 시작된다!!!

어울림

고려무신
척준경

강산하 퓨전판타지 장편소설

우리 역사에 새겨진 위대한 무장이 있었다.

1104. 정주성 전투에서 단신으로 적진에 뛰어들어 적장의 목을 베다.
1107. 석성 전투에서 한 자루 방패에 의지하여 적진을 휘젓다.
1108. 단 10명으로 수만의 적진을 뚫고 아군을 구출하다.
　　　불과 100명의 결사대로 2만의 적진으로 돌격하다……

척준경!
비록 반역자로 기록되었지만,
역사에서도 최강으로 기억되는 이름.

"우리는 위대한 고려의 무장이다."

어느 날 이계로 건너간 고려의 무장들.
이제 위대한 무신은 찬란한 역사가 펼쳐진다!!!

역혼술사

문기혁 무협판타지 장편소설

"소자, 원망치 않습니다."

근절맥을 가지고 무가의 장자로 태어난 문월.
그는 날 때부터 무공을 익힐 수 없는 몸이었다.
피어보지도 못한 삶을 마치려 할 때,
하늘의 안배가 이어지고…….

"혹시 어르신의 존함이 어찌 되십니까."

―나는 역혼술과 혼백술에 통달한 방통 사원이라 한다.

천하를 호령하던 영웅들이 소년과 함께 깨어나고,
위대한 무인의 신화가 이제 시작된다!!!

어울림
B O O K S

천하를 꿈꾸다

OULIMFANTASYBOOK

두경 장편소설

어머니를 살리기 위해 사람을 죽였다.
하지만 어머니와 여동생, 그리고 자신까지…
모든 것을 잃고 버려진 종선.

"과거를 되돌려 놓으려는 것이냐?"

죽음의 위기에서 찾아온 하늘의 안배.
천둥은 그의 심장을 다시 뛰게 하고,
세상을 뒤바꿀 힘을 그에게 안겨주었다!!!

"이제 산을 내려가야겠습니다."